子梵梅 著

黑喜鹊

厦门大学出版社 国家一级出版社
XIAMEN UNIVERSITY PRESS 全国百佳图书出版单位

总　序

　　厦门历来是祖国东南的重要口岸,是与世界各地进行经济文化交流的重要门户。厦门文学自宋代开始,经过一代又一代文学人的努力,已经形成自己的优势和特色。在当今中国实现国家富强、民族振兴、人民幸福的中国梦的伟大征程和现实语境中,面对新的生活实践,厦门文学的使命又有了新的时代内容——厦门市委、市政府高度重视文化事业,提出了推进文化强市建设,大力推进文化生态保护工程,弘扬闽南文化、嘉庚文化、海洋文化等传统文化的优势,着力打造厦门地方特色文化品牌的目标。而弘扬地方文化优势,树立文化品牌,文学是中坚力量,不仅体现在其自身的创作深度上,而且体现在对于其他艺术门类的影响和带动上。这样,新形势带给文学新生机,也给厦门文学发展提出了更高更新的要求。

　　为了繁荣我市文学创作,提升厦门文化软实力,推动社会主义核心价值体系建设,构建社会主义和谐社会,全面推进厦门文艺事业发展,同时也为了发现、培养、鼓励文学新人,大力推进厦门作家队伍建设,厦门市文联拨付专项资金,大力扶持厦门青年作家的作品出版,资助的作品体裁包括小说、散文、诗歌、报告文学、儿童文学、文学评论等。因厦门市文联办公地点毗邻美丽的珍珠湾海滩,我们将该青年作家扶持文库命名为"珍珠湾文丛"。

"珍珠湾文丛"每年度出版一辑,每辑收录作品十部以内。期待每年推出的"珍珠湾文丛",能不断地为厦门市文学生态注入新鲜血液;厦门青年作家的写作实绩和专业水平,也会通过文丛得以全面展现。

这是文学的信心和希望,春种秋收,让我们乐观其成。

厦门市作家协会

追问灵魂的声音(序)

吕德安

　　大约是十年前,在福州诗人同仁出版的一本薄薄的诗集《博加勒》上,我第一次读到子梵梅,我便惊诧于这个名字和她的细密而又透亮的诗句,似乎两者融为一体,又难以言喻。我已忘了那些诗的具体内容,但是记得诗中意象繁复,意味深远,字里行间流露着鲜明的语言肌质。后来,我在她收入《黑喜鹊》的许多诗作中仍然有同样的感受。

　　很久以来,诗歌中一种我们希望读到的声音——追问灵魂的声音,正在被这个世界逐渐地稀释和淡忘。要不变得"波普",事物在里面受到普遍的均质化,意图明确,变成廉价的出场,降低了标准;要不"口水化"而成为满地庸俗的语言流水账,诗歌不再令人敬畏。

　　但是我们知道,诗歌和诗人仍然是我们这个文明的良知和精神所在,并且事物总会在折返中找到与之暗合的诗人。因此,和当代中国许多优秀诗人一样,在子梵梅的那些高度敏感的诗篇中,这样的声音正在得到还原,其过程就像一首诗,而一首诗就必然如此。

　　"我悲伤,所以我写诗"——子梵梅曾在一篇创作自述中如是说,读者可以自己找来读读,以便能更多地了解她。但是现在,翻开子梵梅这本时间跨度长达二十五年的诗集,我不仅想起古人说的文如其人,还想起"语言接近于行动"这句话。因为这位性格静默的诗人,从她在不同阶段所写出的诗歌中,传递的是一个诗人对生存的直接紧张感,这种紧张感抓住了我们。这一首首缘自激情,又止于内心的隐忍的诗歌,它们出自她也许还由于一次次的内心的"叛乱"——因为语言的限制,这些都正好构成了她的长度和强度,并且给人以预感。

　　是的,她那充满个性、热情、严肃的写作,似乎在提醒读者,无论她多么温柔委婉,平易近人,或咄咄逼人,近乎雄辩,她的诗似乎总是处于自身核心火候下的自然开裂,像一个易碎的花瓶发出颤音,而这意味着某种本性的写作。文字的完美或缺陷在这里似乎并不是最重要的,关键是在那些词汇和词汇之间,她总会有意无意地留下一道缝隙,类似于女性的纹理,又像是阵痛中留下了一个个异常性质的空白,让人想象和回味。那么这个又是什么呢? 也许是一声呼唤,一次告白,或一道咒语,也许仅仅是顺应节奏地表达艺术本身,出于对生存的理解!

　　诗可以是日常的,私下的,手舞足蹈的,它或温柔或冷峻,或清亮美丽或悲伤迷惘,这一切都是为了还原为一个隐秘又值得说出的理由:爱,或自我拯救。因而诗也可以是一个共有的永恒的空间,在那里人们借助诗歌,在更深的精神层面上体验和丰富当下的生活,在生存的共鸣中获得某种再生的能力,我想这也是"黑喜鹊"这个扑面而来的诗集命名所希望暗示的。

　　这里我还有一个词叫"负载",用来形容子梵梅的诗以及她作为女人的温柔——一个随时准备付出代价的古老的象征，似乎也是恰当的，而且它使我想起诗歌为什么在一些女性的表达世界里，有时竟然比在男诗人那里更能直指人心。

一种什么样的不顾一切的天赋，使得语言在她的身上重获活力，以及智慧有时候竟显得如此美丽，而具有挑衅性——这样的诗，对眼下我所言及的作者本人，其言外之意是，诗歌创作始终是直面自己并超越自己的一种生活方式。

一些诗你必须静静地读，然后轻轻地放回桌面上，语言接近于行动。因此，"同伴，这不是一本书/谁触摸了它就触摸到一个人"。惠特曼曾如此说。

2015 年 4 月 25 日

目　录

自 觉 地 下 降

起初是急切的，嘹亮的
当它显示必不可少的韧性
变成低沉，潜行而进
地下的暗火于是有了波纹

在空中滑翔的。自觉下降的
靠近那簇暗火
俨然见波纹开成的真花
一朵正开的真花

它先是呜咽。呜咽渐弱
声音消匿，洞口关紧
它就住在看不见的深渊
它在里面完成整个过程

雾气从某个暗处升腾
不发出声音，不显现真面目
它凌驾于噪音之上
它不提供真面目

1994

1

瓶子的话题

意识形态者眼中的瓶子
可以是一条绳子,或一则政治消息
精神病患者眼中的瓶子
是一个装着垂涎的器皿

教授眼中的瓶子
只是一首绕口令
在经济学和想象力的合作下
分别装入自己想要的

一个瓶子的话题
一个散步者无聊的动作:
把瓶子里的空气踩扁,踢远
你听见塑料滚动的声音

但愿怀疑论者不要纠缠于它的存在
而存在主义者不要把它堆放在哲学的书架上

恢复瓶子的原样,需要多久?

1994

写给忘却

在寂静的冬天路上
我遗失了被称作代表作的作品
行人借助月光,看见躺在路中的我的遗作
随着事物的睡去而睡去

有一个知音,他递送我的手稿
我用忘却劝慰他放弃
知音的贼,拿走一文不值的手稿
是不合时宜的,他不该如此冒险
最后将如丹顶鹤陷入孤独和美

1994

凶 猛 动 物

蟒蛇暗中拨动它的意志
软弱的妇人的惊叫没有离开栅栏
欣赏是一种惊险的历验,是一个软善的女人
内心迫切的冒险欲望
她被呼啸弹将出去,又被另一个自己
刻意的好奇唤回来
带着她的孩子,她步向更加凶猛的动物

1994

白 云 岩

金龟的青爪倒挂在听涛崖上
便有白云游过来探询
"你还不走？打算在何方修炼？"
白茶花讥笑道："金龟子，你胆敢爬上清风的树梢？"

转眼，它们都沉沉睡去

只有佛像睁着永不合闭的双眼，与半路出家的俗僧
厮守着众鸟飞绝的空山

流水干涸已久，照不见蒙尘之心
偶尔有人敲敲池里的水波：醒醒，醒醒
绿泡于是拥向池端
几尾鱼儿相继遁入假山的洞隙

魔果芋快乐地伸长脖子
石榴和菩萨争红了脸
不知浑身金灿灿的菩萨争的是什么
广玉兰和罗汉果也闹不明白

大雄宝殿外,铁树伸向天宇

日照香炉生紫烟

1995

卡夫卡式的下午

听见门铃在发嗲
它使我跌倒在波斯顿草的窃笑里
屋子里的银兰和火炬菠萝吐了吐舌头

在摇摇晃晃的眩晕里
在五个客人的波浪里
我被推搡着坐上主人的船只
满载着他们的唾沫行进在漫聊的潮水里

一群尖叫的雀鸟
一群处在变声期的鸭子
一只呆天鹅,和一尾戏水蜻蜓

书架上的名著被大声嚼动
在牙齿和牙齿互相撞击的声浪中
因为消化不良,全都吐出来

缄默多时的金钱豹摇动长长的藤蔓
爬出窗台到外面透气去了
在茶水杯盏觥筹交错之际

我的脑袋在膨胀，大腿在萎缩

马蹄莲在油画里被封住了四蹄
上帝啊！我还清醒地数得出是十一朵
一朵不少，都与我被牢牢地黏滞在
一波未平一波又起的浪笑里

各位坐稳了！
到了暗礁地带，我突然大喝一声
启动暗置的机关，把他们送进惊涛骇浪
用他们制造的空虚的热情
淹没他们变形的舌头

送走了他们，我疲倦不堪
在盆花的低声劝慰下
渐渐地缓过神来
"日常的安静！"袖珍椰子在桌上点点头

1995

割 草 者

割草机吐着绿色的舌头
疯狂地碾上柔顺的草皮
为了避免受伤,园丁离开操纵的扶手
目力所及,干燥的风里
轰鸣声大过车速,大过草长的速度
仅仅几分钟,一个季节就被洗劫了
剩下半寸泛白的鬃毛
看起来那样苍老
犹如割草者脸上深而茫然的忧虑

1995

异

我摸到一粒腐烂的果子
受隔离的"异党分子"
把它扔出老远,它又弹跳着回来
有人说它受到不幸的感染
也是受害者之一

我显然不能同情它
你们也看见了
它生机勃勃,又一路腐烂着
弹跳着回来

1995

自然主义者的心声

钻天杨用头颅顶住天空的腹部
欲强加之以意志

我更喜欢扑地鸟在丢弃枯木的地上
顺其自然地腐烂

卢梭他来过吗？
自然主义者没有斧头
却有一件迎风开敞的衣裳
唱着:森林,森林,我们离开!

惠特曼携带草叶的雾岚
手指缠绕着花环
他把泥土当成父亲
扶着流水站起来了

谁心怀报复？我把沉香散发给他
给他注射强心剂。让他的骨头站着
也能舒服地睡觉
让他迷失方向,循着麋鹿的叫声归去

1995

11

车 过 隧 洞

大帽山的腹部

有十几秒钟的空白

掏空了各种想法或

产生茫无际涯的想法

有人伺机使坏或

偷换表情

有人在瞬间里调整坐姿或

完成化装

接着,汽车驶上明亮的

高速公路

1996

迷 醉 就 是 出 路

在思绪纷繁时我常要
靠着南墙喘息一会儿
好像是为给心脏供血
给自己出路

更多时候,我行走在水风之上
无法预料将要来临的一切
总是翻看着手心莫名地惆怅
数着荡漾的涟漪一圈又一圈

我知道幻象时代已经结束
要回到岸上,对着雾岚辨别方向

夜色铺展之后
我在一本书里找到一则神话
说只要沿着梦中的青苔
即可滑向沉香的陷阱

我,一个长期与失眠神游戏的人
谨愿今夜迷醉不醒

1996

沿 着 比 喻 下 山

一只翅膀被风勾引
迷失在年复一年的幻想里
一只翅膀它要求撤销假期
只要可能，它愿累死在途中

对于这样一只翅膀
你不要动恻隐之心
不要盲目地同情或
受什么愚蠢的启发

你也无须站在那里观察
你回来睡觉
至多三圈，一只翅膀就会
坠落在无风之谷

1996

夜

这就是我写过无数遍的夜晚

我经常叫你来辨认的夜晚

黑与黑相互泼墨的夜晚

赤诚无法相见的夜晚

鸡鸣三遍仍然无法醒来的夜晚

汽笛声收拾着送行人背影的夜晚

湿重的露水冻伤行人的夜晚

客栈装不下英雄的寂寞和美人的惆怅的夜晚

一生埋头赶路的夜晚

用凋敝开放的夜晚

有几个是瞎子之夜。矿工之夜

有几个是乌煤之夜。海盗之夜

有几个是睡莲之夜

有几个是昙花之夜

有几个是蝙蝠之夜
有几个是豹子之夜

有几个夜干净如初
含着隐秘的洁癖
我永在其中的夜
清洁的夜

1996

翻 译 的 偏 见 和 傲 慢

一些生物冒着变种的危险
回到老家。眼看遗传正在
冷静地筛选优质基因

他乡能用本地方言对话吗？
一个词能在另一个词身上恍过神来吗？
这几年的追问，最怕遇见地域的欺凌

我看火鸡和鸵鸟最像姐妹
当它们回到各自的种族
人们视之为杂种

翻译对原著的傲慢
于是寻找到了依据

1997

作 为 虚 词 的 快 乐

一个无产者贫穷而自满的极致
天边的阴云丈量着它与现实的距离
大约等于水鸭和天鹅的距离

我看见雨在下
人们离开广场车停加油站
从游乐状态进入交易状态

天空不了解禁闭对鸽子的痛苦
电视机噪声。金蝉梦中脱壳
神仙的话语成为布道的台词

无产者穿越作为实词的金钱
在虚词的外沿抹上甜酱
掘进。掘进。向金子的软肋伸出一根中指

1997

处女：我的朋友小蕊

突然一阵来路不明的风
摇摇晃晃赶过来
镜中的漩涡翻来覆去睡不着觉
它们较起劲来——

女人就是容易心慌,这下子
忘了白玫瑰埋在哪儿
红玫瑰在哪个窗台卸妆
怀旧黯淡下来
鬓发有些散乱
强行镇静地望着窗外

她成为一部小说的开头
仅仅是一个开头,停在那儿,写不下去
因为她投降了,退出角色
她埋头紧张地赶路
要回到包裹着瘦小臀部的旗袍里

这一节写到这里,第二天再见到她

19

宛然娴淑端庄得紧
恰似无人动过她
连她自己碰都没碰过自己

2003

影 子 说

影子对影子说,它去了主人的房间
又去了客人的房间,刚刚回到墙上附魂

把光送来。它弯腰低声请求

把光拉直。影子的同伴早已凋零

"给它一丈光芒吧,"
火树银花的夜晚说,
"它曾吊死在枝头,
是一匹绚丽的绸缎帮它从树上解下来。"

这匹唐突的绸缎
如何知道影子的不忠

影子足足有一天那么长
影子有多长,影子就有多坏

它隐藏在白日的皱褶里

听得它叹一声命悬
又旋转起卑贱的舞鞋
去了别人的房间

2003

在花卉市场

尽管火焰在我到来之前
已经伸长舌头
偷偷舔干叶片上面的露水

我早看见了
但我不会问
那些露水被谁弄走了
减轻了花朵的重量

半个小时后我离开花摊
向拥挤的人群走去
我空着双手
打算随便拥抱一个什么人

我觉着男女都变美丽了
可以和我肩并肩
互相吐露些心声
这真是再好不过

2003

就 是 说——

不要赞美,就是说
不要在梁柱上画花纹
除非它自己长上去
还有那些打滑的青苔
让它们自己老去

自己走到镜前发现它的丑陋
就是说,不要把灰尘擦拭
除非它自己落向别处
就像一个人,无意中生活在别处

所以,不要在群星闪耀时点灯
就让星光空照大地
让怀抱跌落虚拟的壮志
不要赞美,就是说
你找不到的,赞美
它,也找不到

2003

藏 在 背 后 的 人

那个喝酒的人
闷闷不乐的人
是不是丢失已久的人？
那个用长发盖住左脸的人
以阴影包围阴影的人
说话用假声的人
是不是旅馆门口遇见的
目光低回的人？
丢失的人？

2003

日月河
——给梭罗

在康科德城的一只大南瓜上
一个人的占有欲,被大自然所训诫
在曼侬的音乐里,谁愿意把早晨拿来工作?
为什么我们不能像阿拉伯人或印第安人那样
生活得简单一些,明快一些?

"欢乐虚薄得像空气",查普曼不是先知
他的先觉使我惭愧
多少人正在付出代价,找寻镜中的理想
多少人要耗尽大半辈子
才会抑制住对别人的讪笑

我们身上的皮肤忽冷忽热
没有一刻消停
我们追求把一座荒冢建造得更加荣光
何曾试图挽救过自己?

"月光旅行在肋骨似的水波上，
上面还零乱地散布着破碎的森林。"
雨和蒸汽没有源头，我们的嘴角
全是去年的面包屑

在一条狭窄的运河，我曾经和流水较劲
但最后被流水所抛弃

单薄的冬天就要到来
包裹大地的雾气
就要罩住那蔚蓝的湖水
黎明用红霞挑衅
终究无法完成一件清晰的作品

我无法知道身处何地
在淡蓝色和淡绿色的水天交接处
我听命于大自然的召唤
躺倒在日月河金光之上

2004 – 12 – 11

物　质

一个人背着手打着嗝
在我面前来回地走动
今天，他被食物撑着

仅仅是被食物而不是
被别的什么东西撑着
这才叫他真正地难受

2005

体　面

记得我在诗里多次提到的那只雀鸟吗？
大概有七八天了吧，它不曾开口
只在笼子里站着不动
其实它早已露出饰音里的破绽：
每当无法到达自身的音高
它就饮下一口寒流
以便使自己不至于发疯
这样，久而久之
它只剩下一个橡皮之喉
无法摩擦出动听的尾音
令人担心的倒不是这些
它会用爪子，撕扯身上越来越少的羽毛！
我实在不希望它临终前
连一点点外在的尊严也不顾
不能歌唱，就没有资格死得体面些吗？

2005

春　天

一、在闽南

一日我感激两次:一次对着将临的春天
一次对着已降的大雪。

在闽南,我把时间的尾瓴紧紧拽住
历久不散的焦虑经过一个冬天的濡湿
早晨起来我开始了一天顺利的功课:
把石头搬走,把洞口的光搬进来
把树木的纹理重新阅读一遍。

你的嗅觉被花粉善意戏弄
你对着亚热带俯身凝视
试图寻找到什么线索——
"亲爱的,我这就把香气亲手交还给大地
让遄飞的逸兴平息下来。"

二、点灯

晦暗的人生学会点灯。生活需要那样的技巧

我身上有着温暖的火苗,不是用来照亮
是用来寻找更加温暖的火苗
和弦在天边演奏,我们在云朵里相遇

是啊,不要太轻易获取
不要只为着把一个小黑点向前推移一步
就像秒针那样被六十个小黑点所折磨
要用孤寂的精神去倾听它缓慢的足音

黑暗无须收拾,生活需要教训
我在绝望的清晨打开希冀的白天
命运的磨坊辗转一首人造的糖浆之歌
但檀木的田野使我们睡得更沉更迟

三、那天

那天,我在漳州一个叫火车匣的电影院打盹
你若来了,会为此默哀吗?我那样委屈又惶惑地睡去

你若来了,我们先奔跑一阵,荒芜一阵,再瞌睡到老
飞临的梦境孤零又膨胀。

四、长廊的散步

是什么使我在凉爽里觉察出闷热?
山毛榉和凤凰木交叉着吵架声和接吻声
我羚羊般的大眼睛,在冬日里十分迷茫

31

一生不要都生活在虚妄中
即使春天薄如羽翼,也要握它一握
不是行。不行。
是要和更要。
我在你的怀里跳跃和闪烁
不想逃避这一场结束和开始

五、假想主义的黄昏盛宴

一座城市收缩成一条急促的街道
寂寞的水龙头欢潮如歌
夜色踮起脚尖,它的欲望镶嵌着怒放的金边
危险的快乐有一种冰凉的麻
夜色停止旋转,假想主义的黄昏盛宴
再次加入虚构的珍馐

六、他让我感激和担心

把虚饰掀掉。把象征掀掉
让波浪劈开一条道路
在吻合之前,我们迅速穿越
互为出口和出路

我比你预知的要轻些,要快些
要与午间的一场微风同时从诗篇里撤离
瞧,昨天我还坐在一个否定句里决绝
今天就在感叹的唏嘘里软弱成疾

七、我这就把混乱的羊群赶入大海

月光一地碎银,思乡病正在赶路
潮湿的南方,百花盛开的南方,嬉皮笑脸的偏头痛……
我在你的行李里找到一截银光铁轨取道而往的地址
嘘!不要出声,我这就把混乱的羊群赶入大海

八、漫游结束了

"你不会带走吧,这些东西?"

漫游结束了,交谈歇息了
接下来是沉溺在你垂落的眼神里
啊,准备了一生的春天,变成即兴的四月
葡萄美酒斟满月光杯
你我的残缺如何才能修葺成圆满的穹庐

水中优游的草蛇,用液体固定流浪的身躯
冬天用冷水给它暴躁的热病降温
飞翔若是太累了,就去降落在低处的树桠
不要躁动和埋怨,就这样用我的清泪
淋湿想象之枝,使它更加翠绿茂密

九、你真的要来了

你真的要来了,我将活得晓畅有力
如一出悲剧让瞎子重获光明

此前,盲人的眼里全是风沙和碎石

为何你姗姗来迟?
为何大风把你带向那遥远的地方去生活那么久?

十、空心球

你在这里的盘踞比预想的要短促和激越
我在宽大的夜晚宽大的安慰里摇滚
被异样的力量所覆盖和决定
大海打开乌石深邃的光芒
我被推向漩涡。我啜泣
因为害怕破碎,害怕羽毛被收割

我听见露水对着竹枝倾诉:
"流年这么快,赶紧把裙裾埋伏到脚踝以下
那一列呜咽的小火车,就要回到沉默的站台。"
湖水由于等待由湛蓝变成深蓝
我的小小哀求,不要融化成一粒空心球

十一、奔跑的参茸在路上

奔跑的参茸在路上温暖我的行程
我的脚趾握着一段凯歌
晚风使炊烟懂得优美的转弯
一生只有一次这样的逃亡,必然这样书写:
快来我的窗台取走这些空虚吧

快把茉莉花的清香悉数交还给树丛
我要空着双手去见你,要用这双腾出的手
去抚慰一个痛苦的灵魂

2005 – 01 – 22

喟　叹

他从一扇门进去
从同一扇门出来
谁看见他身上的擦痕？

他落在街上，身上的擦痕发亮
除了擦痕，还有湿气
这湿气起初是南方的雨水
后来是辩解之间的争执和消声

他停下来。在橱窗玻璃镜里
惊觉身上的辎重。遗憾的是
他不可能从同一面镜里
看见另一个人的惆怅
而这个夜晚，肯定归于
两个人同声的喟叹

2005

分　裂

今天我看见一个人扛着煎饼在街上走
他看起来既年轻又衰老
我是说,他很模糊,模糊得让我爱上他的滑稽
我得承认他的身上有若干迷失。但他在街上
走着走着,就能渐渐融入洪荒般的人流

2005

白

我保留一段白,爱这段白
我保留填充它的全部权利
写写。忘忘。
右边制造迷藏,左边揭露地点
给裸露狂每人十两银子,叫他退场
给演说家每人十两银子,叫他闭嘴
我需要这段白。非常需要
你们最好把我忘了

2005

乌 有 镇

"我零零星星给你
一点一滴给你,行吗?"

去乌有镇怎么走?
如何在路上一点点,一点点,消融
直至乌有镇?

我爱你,心中经年不散的乌有镇
但今天我收回房间,收回昵称,收回梦梯

田鼠带路,它把我当作陌生人
"你会见到的,不要埋怨。"
帕斯捷尔纳克对茨维塔耶娃说
但捕鼠者很快就来了

我却要死了
不能在乌有镇和你会合
再见,我不能一点一滴地给你
只能一次性地在大地上消失

2005

事 情 是 这 样 的

事情是这样的：我做了整整一下午吃力的梦
现在需要一些愤怒来激活肌无力
我向厌倦的邀请伸出和解的手
我很痛苦。但我不能这么认为
我喝了一杯牛奶，胃部开始起义
好在词汇和手法的偶合，使这首诗看起来完美

2005 – 03

钟 表 店 关 门 了

钟表店关门了。他侧身
闪入胡同,顿时狂奔起来
携卷起细微的尘埃之浪

石头的心脏振频加速。路途迟钝一下
又收缩一寸。"你来了? 稍等片刻。梨花那么紧张,
无法完全铺开春天。"

无法铺开就让它加厚地覆盖吧
钟表店已经关门,还有什么不能等?
一辈子两趟:一趟生当愁别,一趟老死相扶
三更一过,我们再试着做一次迷惘的冲刺
直至越过凌晨的监狱

所以,轻视梦里对凌晨的一日之计
轻视榕树密谋的浓重树荫
我乐不可支地收集光斑
偷偷把它们泼在正要开溜的那只小灰鼠身上

2005

命 运 的 素 材

"一棵树生长得超出它自己……"（里尔克）
在不知觉里，哀悼的气味就这样埋伏着

钢琴继续演奏，慢慢地竟然变得有些淘气
一个孩子打出圆形的哈欠
一个孩子他想睡在闪电的臂弯里

父亲在第几个女人的腰肢滑翔
母亲抓住一枝令箭荷花
沿着我旧年诗篇中的花园深处游移而去

该怎么补写？这命运的素材。
该减弱抒情，还是加强抒情？
韵律的同心圆越画越凹陷不平

2005

戏　剧

夜深了。迟缓的语调爬上萨克斯光滑的背部
这一次,他没救了
在酒精的道路上越来越纸醉金迷
他把戏剧拖进游泳池洗了一回澡
看起来干净多了,甚至有着可爱的娇嗔

关于他的眼神,从抚摩一只狗开始,就显得十分纯洁
现在,他开始抚摩自己了
他没有中心,只有游戏的决心

2005 – 04 – 04

我 的 忧 伤 出 现 了 奇 迹

我在垂直的瀑布下持续呆愣

哪儿射来的箭,涂着芬芳的剧毒

一条红白葡萄密谋的道路

我眼里迷离的,乃是那个男人

拒绝调情的落寞

简单说,我爱上他痛苦的忍耐和愤懑

我会不断出现轻蔑——

那些聪明的,漂亮的;机智的,说辞的

难道这些还不够让我退出暴雨敲打的广场

交还夜色谦和淡泊的品质?

我在退出你的江山

推迟吧,宝贝,我的忧伤出现了奇迹!

米歇尔是一个好人,我常常梦见他

唉,好人又有什么用?我常常梦见

在见到他时我哭了

活下来是一项未竟的事业

原谅我嚷起来,把一个夜晚弄得披头散发,而一切永无终结

好了,来取走我——
越过南北毗连的桥梁。朝霞中的九湖
杰出的朋友,诗人,爱人
你的请求永远有效
祝你踏着的每一个词的深渊都有火焰
祝你早日含着热泪拂去我的神伤

2005 – 04 – 12

雾

雾落下来。
几个弱小的学生在雾里跑步,前胸后背空荡荡

鹤顶红有一次逃跑的机会,但它没有把握好
只好继续献身于公园被激赏

我抹去手背的水气,大声喊话给站在对面建筑物下的杜眉
我不知道我喊了什么话,只听她那粉红的丝巾突突地响

她根本不在乎我的孤单和无助
她正在享受她的癖好:眼睛里的忧郁,加大着这场晨雾

我终于累了,对她失去了兴趣,只不过依旧不停地挥手,挥手
直至手臂酸痛无力垂落下来。一个上午就这样过去了

杜眉仍然站在对面建筑物下出神
身上粉红的丝巾突突突响个不停

2005

松　针

仿佛一阵松针迂回的刺痛
终于使我安静下来
天透明，鞭子透明
骨肉透明
看得见里面的松针

2005 – 06 – 25

太奢侈

花园上空的幼鹰太奢侈

繁复如夏花的词语太奢侈

眼泪和小声的呼唤太奢侈

严重恍惚后的交通事故太奢侈

逃亡之夜的街道太奢侈

你的梦境里我蛇一样的窒息太奢侈

你被我占有太奢侈

这一生太奢侈

空白太奢侈

2005

在一则鲜艳的戏法里

一则鲜艳的戏法里
住着一顶乌云的帐篷和
十座驯兽场
开始！驯兽员一声令下
野兽相互地赞美发出嚎叫
乌鸦占领市场
它在夜色里作案的本领高强
手语里有翻飞的翅膀在扇动
欢腾的野兽
它们的勾搭使人间惊骇
短梦里都是失而复得的欢娱

2005

钓鱼和鱼的距离

他们在钓鱼
和鱼一起上蹿下跳
毒花花的石头上
披覆着一条鱼哀伤的鳞纹

我拍打着脸盆请鱼上岸
把渔线抛出好看的弧线——
活着多么独立而冷

水草里的危险,使蟋蟀的叫声停止
我返身把一条未成年鱼投入水中
我唱:藏匿吧,你身上的斑斓
你和我的距离,美和危险

2005

居住在消息里

我把台风要来的消息传给你
很快地你就来安慰我
并用一整夜讨伐这两个字
把这两个字敲打出脑震荡
你把我送过断桥,送过烟雨村、迷蒙镇
送了一程又一程,直至把我送到我居住的
火红的树梢,高温凝固的正午

2005

尖嘴鼠离开的清晨

我在墙角给尖嘴鼠留下的粮食
确实是精心设置的陷阱，这我知道
但投毒于兽，并非每次都期望击中要害
看起来，我的手段不过是对自己的嘲弄
我决定把门后的毒食拿去扔掉
然后，我得去吃点东西
可笑啊，不是想做一名饥饿艺术家
人的精神胜过肉体的养育，这是谁的虚妄言说

我匆匆起床，虽然将一把盐错放在豆奶里
使第一口液体咸涩难耐
我还是很快与早晨达成和解
喝下它，表示我愿意平心静气出去献丑
有时还会赞美火车的慢点
和独自一人坐火车长途跋涉的凄惶

2006

一 天 的 消 失 又 开 始 了

当我清晨醒来,我意识到一天的消失又开始了
要登上更高处去理解一枚游针
如何快乐地在陈旧的生活里游泳的心愿
是多么困难又多么需要

之后我在镜中望见衰老在剧变
有如一个儿童推动一粒公园里的圆球
在暗中渴望和抵抗着它的滚动
我望见露出颈旁的蕾丝花边内衣
它对这十年的探询是如此不满
又如此急于再次隐藏,以便让憧憬及时撤出虚幻
走到生活的边缘学会一点点生活的手艺

2006－01－13

鸽　子

有人开窗,有人施暗箭
空气扭伤你脸上怒放的流云
你在狐疑里洗澡,不亦乐乎
窗户高敞。楼梯转角处,蹲着那两只昏暗的鸽子

2006 – 01 – 31

刀　光

旁边那个人是谁？他不适应
怀里藏着嫌疑的刀
时不时掏出来试试刀锋，又放进去

2006 – 01 – 31

木　偶

有时音乐响起太早,有时太迟
有时电锯拉得太紧,有时太松
木屑在光线里呈卷筒状
我久久凝视它:
音乐是抒情的,电锯是凶狠的,它们厮混在一起
就像我与这个尘世厮混在一起
晃荡的身体里有一粒
光滑的木偶

2006 – 02 – 01

赞 美 来 赞 美 去

萧条的集市摆满鸟兽和花草
我买来刀马旦和唱词
赞美了一个上午,不怕累,又赞美了一个下午
骑在墙头看芦苇推搡来推搡去
连过五条大江和七座大山
却始终没有听到你在半路上的一声低唤:
"回来吧,外面太吵。"

2006 – 04 – 02

宽 谅 一 些 人

宽谅这个人,他对暗夜强加的蛮横意志
因为他自己在不断地内耗和磨损
这已经够糟糕了
所以,宽谅他的无用的野心

所有沸腾的桃花最终都要归于寂静
鞭子使用两次就会从握着的手中脱落
他的初衷本来是过桥采桃,现在只不过多了一只空篮子
所以,宽谅他的无用的多情

高音区有一段陡坡,本来他走上去了
现在又陷下来。空中的瘦马弹跳了两下
吊在半空中,一会儿是他自己的主,一会儿是他自己的贼

可怜的人,我去抚慰他
他竟然拿生锈的王冠向我炫耀

所以,宽谅他的无用的执迷

2006 – 04 – 15

今年比旧年广阔

在我消瘦的二○○六年,因为无边的地理
我曾放弃一些追求。理想主义的颂歌狗尾续貂
门庭四顾无人,一度人心涣散

可是今天我愉快。长长的假期即将到来
虚无主义应该来一场庆功晚宴
要把金边吊兰从书架上拿下来去种在后花园
把书本还给书本,牛羊还给栅栏
陆地还给树种和虫豸

把天空的跑道清扫干净,流云尽除
然后,把我还给你

因为无边的地理,今年比旧年广阔
孩子遍地奔跑
我们安居在熙熙攘攘却无人能识的城市
有第三世界的清贫和外人无法洞察的
漫长的搅拌,交融,与疏离

2006 - 05 - 16

59

清 凉 的 早 晨

我把窗帘拉开一条缝,让光透进来
此前我习惯在黑灯瞎火里摸索
我把门敞开,让风吹进来
我甚至还没穿好衣服
晨风和着日光就吵吵嚷嚷进来
它们调皮地落在我扁圆的肚子和修长的腿上
它们甚至劝我把已经穿上的衣服也褪下
让我光着身子在室内赤着脚再走上两圈
噫,清凉的早晨,寂静的庭院
两株红檵树昨夜也没怎么睡

2006－07

生　　者

新闻简报里,火灾事故的幸存者,至今仍然如噩梦中的走卒,
惊惶地穿梭于探听者火热的言辞里。
他是如何保住那条陈旧的命的? 他完全记不得了。
一个人到了被大火追杀的境地,
他的鞋子是怎么掉的,他的鞋子是怎么一直被他穿在脚上的?

他的鞋子其实已经消磨得差不多了。

2006

绒　毛

生活可以厌倦

转台和过道可以幽暗

而我们不能只依靠回忆度日

快啊，把虚无切开一个小口子

把鲜美的桃子放进去。当然，你要有所准备

因为这意味着

要把不舒服的绒毛也放进去

2006

油漆工来了

窗外光线明亮。

太亮了！以至于要带着否定去看它们

油漆工提着一桶油漆走过来

他被雇请来油漆南墙

昨夜偶醉,曾头撞南墙

为了警醒,要把天下南墙

都漆成骆驼的坡峰,而非斑马线

可我醉过吗？我确实需要一次深醉吗？

当我走出那条胡同,天已大亮

一个纵火犯模糊的背影看起来那般孤独、潮湿和疲困

他同油漆工最大的区别是

油漆工向我快乐地走来,而纵火犯把影子压得很低

向远处的西街踽踽而去

那就油漆吧。红的,绿的,黄的……

明亮艳丽的。这时

壁上的静物朝地面弯了弯腰,一天开始了

一幢大楼里,在星期天,住着一个轻而又轻的人
她尚未醒来,或醒过多次,只不过再次昏睡过去
她稀松的睡袍里包裹的肉体沉重如斯
她灰暗陈旧,需要一次次不断地刷新

2006

降　落

我也贪恋时光，啜酒自娱
或投射于拖长的日影。秋天了
几个锈蚀的圆钉咬紧五角枫的躯干
它们总有脱落的一天

我们总有脱落的一天，离散的一天
淡忘于前半生几个被辱的场面
从翻腾的北海回到波澜不惊的南湖
在桌子上蘸水画符
然后打开窗子，让树影在桌子上跳来跳去

当我拿这些阴影没有办法时
与它戏要也成为一种生活
而且竟然颇得其乐
颇得崭新的意趣

2006

家　乡

那时，鸡鸣狗盗盛行。我在家乡工作
时不时看见有人掩紧裙裾匍匐向前
大伙在白天勤练擒拿术
用于抵御梦中的被侵
你们切不可认为这是不可理喻的
荒唐常常迫使我们充实地活下来

2006

生活是一支令箭

工人在修补水管的漏洞
老人在树下打麻将
孩子在一旁围观。时辰尚早
再打一圈不迟。
桥下城市废弃的生活用水日日向东流
没有人拿桑说槐
只有落日圆滚滚

2006

喜　鹊

每天早晨起床,都会被一只不知站在何处的喜鹊叫声
替我的理想做一些铺垫和渲染
背景一片寂静。我听见喜鹊说,这一天我替你唱喏过了
你要好好的,不要管我在什么地方,反正明白我是喜鹊就行了
我于是好好出门,踏上一级一级台阶
走得慎重而有序,心里装着一只喜鹊反复的叮嘱

今天,我要做一只喜鹊,黑衣喜鹊

2006

朱 雀 的 故 事

我带着我的一半行程,而朱雀带着朱雀简单的心脏,这样上路
出于对隐患的消除和照顾之心,我给朱雀修剪了利爪
它在我的胸脯安全地跳跃,现在在案几上成为乖巧的木雕

这个故事始终藏匿着一个结尾:
要么朱雀死去,要么我先行告退
抛下它去一个新地点。不知道。
追根究底的人力图寻求入口
他无法进入这个故事,又无法自圆其说
始终未知那只朱雀的命运,到底是死于自然的疾病
还是死于自取其辱

2006

困顿徒留抒情

秋天来了……

当我写下这开头的一句，就再也无法坚持了。

2006 – 11

活着是一种失真

有人上楼,逐渐浮现他那在几秒钟之前
还让我处于猜测和想象的完整的身体
并于瞬间把自己挤进门缝,告终于彻夜无声

有人下楼,头颅慢慢沉下去,然后被一座大楼所清除

可是我在街上遇见他了
他只不过是去小杂货店买了一包香烟
他只不过消失了一会儿
当我还沉浸在他离去带来的奇妙的哀伤中
却见他回来了。我失望于没有完全释放的短暂的哀伤
然而一时又无法高兴起来

我为什么那么热衷于他的离去
实际上谁都舍不得出去,都在陆续回来
"这世界是冒险家的乐园,不怕死的都可以出生。"*
我害怕失去他们,又不愿看见他们这么早回来
*摘自大解的诗歌。

2006

假　声

请在电磁的另一端为我充电
在一个 MP3 小小的芯片上录下我新近学会的假唱
今天你不在这里,你在远方之远
我用耳麦塞住双耳,只让假声服膺于孤单生活所需的嘶喊

2006

女性笔记：一部持续流血的经史

她有惊人的玩乐心，在十万丈红尘之上
追蜂逐蝶之后，她骑着妈妈的毛线针，或姨妈的银项圈长毛狗
走街闯巷，吐着只有她才能够旋转开来的烟圈
她显然力求不同于他者

她暗中坚持淑女的姿态，在婚床上端坐良久，是良家媳妇的做派
这种实验心理远远没有得到满足
关于贞德的答案，总是太单调：是贞德。不是贞德。
仅此确实无法满足她的戏耍之心

你看
她除了收集蝴蝶粉，还收集置人于死地的
毛毛虫的毒汁，男人的木桶腰，妇人之仁，男人的肾虚
天啊！只听她在房间里大叫：不能让伍尔芙自己住一个房间
要给她准备无数面惊险的动荡的镜子
不能让她胸脯的两团脂肪空虚地滚动
要叫她的青葱十指穿越情爱生死谷

这些玩家，赢得那些小礼物，习惯性地随意抛掷一地

她们脑中有结石,有玻璃碴,有该死的思考的马尾在狂拍
她仍然有足够好笑的硬心肠,有足够没用的软心肠
她的生物钟紊乱了。她的尖尖的舞蹈鞋弄脏了
她的幽幽的叹息有些累了

可是这世界还在不断给出命题:我有命题!我有纪律!我有
钢铁!我有贞洁!
我有死死攥紧的裙裾,和裙裾里面丝毫不吹牛的贞洁之心!
这个世界还在喧闹,他们不知道她的舞鞋丢了,丢了
她旋转的肚脐有命定的秘笈

豺狼与野草在旷野纠缠,从来无须背对明月
米歇尔还在坚持烂熟于胸的背诵,汉娜面朝床头
也许她在抽泣?
我看见她的身体是一座血库,
哺育儿女的乳房塞向一个长大的男人的嘴里
用来减缓她的紧张,用来喂养她孤苦无依的爱

她的身上有一部流血的古代史,同样,有一部流血的现代史
和未来史。
这花朵上空洞的性别,这金光闪闪的名称
还在接受着一个亘古不变的难题:骑墙唱歌,要记得回家做饭
要完整,就要貌似破碎
或好好收拾身体的河山
只让一个人爬上制高点称王

她一边洗澡，一边对着自己的身体进行教育

伴随微微的呻吟：

要记得收拾这破碎的河山啊！

2006 – 11 – 17

这几年

这几年,我只和一个人有关系
他是马戏场,图书馆,海边,婚姻外
时隐时现的头颅和姓氏
终生未能逃脱玉石俱焚的焦虑

未知别人是怎样调制那台瘸腿的风琴
让它发出虽然不属于它自己却仍然别致的声音
而他一边焦虑,一边依然可以很好地跟上节拍,脚趾微微抖动
在疲倦的无人的午后
唱得摇头晃脑,忘乎所以

2006 – 11 – 28

叛 徒 之 美

台阶擦干净了,露水正在干涸
我坐在上面
"我看见叛徒在飞
还飞得挺美。"（王小妮）
街上人来人往
白衣黑衣混迹,无法辨识叛徒
他们看起来都没什么错
我的眼神也没什么错
叛徒之美
美有所痛
而我们未知

2006 – 12 – 06

祈祷词

保佑北边的人

他的起居

他的行程

他的告别后的岁月

保佑背上有七星的人

他的风中斑马依然健走如飞

他在草坪上闻到的青草味与明年一模一样

保佑他从一个陌生的城市回到他熟知的城市

就像一根安稳舒适的银针

天衣无缝地插回绵绵如织的生活

而无人觉察

保佑他才高八斗,学富五车而没有焦躁

保佑他每想起我的好

会有一阵微微的暖意袭上心头

保佑他箱子里的木书永久锁住一截感恩

而没有谁能鞭打到它正面的伤痛

保佑啊,保佑他永怀一颗世俗的心
来迎取我的或锦或灰的余生

2006 – 12

安静的星期天

一、第一个星期天

多么安静的星期天。我的雕刻也到了最后一笔
粉刷的刷子丢在墙角。日光照在树叶空隙
有一段时光,我称之为智趣时光,今天结束了
结束得好。我要稳当地
把地瓜和玉米一起放到炉火上
顺势把一只离群的鞋子踢到床底下
(只是那里发出"咚"的响声使我一惊,莫非那人还没有走?)

但放心吧,那人早已不见踪影了
我说"多么安静的星期天",指的就是他滚开了的星期天
那个胆怯的人曾经待在一张低矮的床下形同鼹鼠
(这是多么滑稽而伤人的一幕啊)

我想起我的颈部,在十年前曾经有过一条金色项链
为什么要交给一个暴徒去锁住八年的光阴?
现在它可以和其他饰品一起抛入下水道了
按一下马桶,滚滚马桶水比它还要清澈而干净

它们一起向下层快速跌落

二、第二个星期天

要是我到楼下花园里去走一趟会怎样呢？

从小区急急忙忙走出来的人,都是要到超市去的人

他们朝着生活弯腰请教,对坐在榕树下石凳上的我置若罔闻

我因此断定,我没有伤害到他们的生活

这就很好啊,各人过各人的生活

获取这样一个安静的星期天

多么不容易

我的星期天,肯定是无法也无权代表你的星期天

三、旧寓所

有一天我去拜访我的旧寓所

它在我的百里之外,现在住进另一个女人

也许还有另一个男人。我那些没有被洪水漂走的日常用品

他们竟然也在使用着,这使我不好意思起来

我们的日常其实是那么的相似

你们没有必要慌乱之下把我的拖鞋穿反了

四、场景和美梦

这样的场景是明日的:一个老人蹒跚而来,坐在我身边

一个长着戈多面孔的人,对着空中的薄雾哈气

两个老人在这里相遇,有如昔日一场梦境重现,他们握着手流

下浊泪:

时日不多了,为什么只身来到公园?

可是你要知道,在我的内心深处,

你老成这样了,也还是我的一场美梦,你千万不要让我醒转
啊。

五、一切都在破碎的途中

快捷酒店剩下最后一个房间,开钟点房的 G 先生把一串钥匙
交给服务生

说:"完事了,钥匙还给你。"

服务生看了看表,还不到十五分钟。后面的女人看起来没精
打采的。

我们永远要有超乎生活的想象力

把不能看作能,把妓院看作可能的教堂

"玫瑰长在小腿肚",这基本是缺乏想象力的表现

米沃什的幸福生活,也不只有土地、大海和太阳

他的大脑比人们在现实里做的更具惊险

他说:"唱诗班的圣歌崩溃,只留下了一首。"

他这是过分乐观了

有一天我经过教堂,那里正在锯木材,有巨大的圆形铁钉

和几片大樟木,(具体是否樟木其实无法考证)

天堂也需要这么昂贵的棺木吗?

六、居于其下

那居于其上不可抑制的群山的意志

高居其上。我们去爬山,顺着山脊往上走
作为人定胜天的笃信者,我们脸上的容光并非没有来由
可那天我输得真惨,我的胃疼死过去,在山顶呕吐个不停
多么强大的山峦和我风衣里掩藏的一个下垂的胃
我们无法解决的,依然是风景下那个疲惫之身

七、星光熟睡了

半夜朝窗外望去,星光熟睡了
一对夜归的青年恋人相携过街。这么晚了,我没有能够辨别
他们脸上的青春
也许还有纵欲的胆色
集装箱车轰隆而过,车轮撞击路面的回声
即使它已经开往郊外,仍然留下彻夜的余波

八、两个影子在跳舞

两个影子在跳舞。不,一公斤田鸡在跳舞
今天我们三个女人吃了一公斤泡椒田鸡
这些可爱的田鸡从田野转移到我的胃部
现在正与我共舞。天将亮,我是第一个醒来的人
也可以称为第一个睡去的人

九、容器

生产的妇女,她的肚子里有一架风琴
有一个称为父亲的蹩脚琴师在隔壁抽烟守候着
我祝贺你们再度进入产房

而我进入我自身的容器，且让我
把脾气不好，只会拿挫折塑造我的坚强的遥远的你
完好无损地梦见再梦见

十、空中的矿石

你是我艰难的国度，我要百尺竿头节节攀登
是上天扬言要派一个人抽走梯子吗？
这软梯，这要我狂奔的软锁链
它要是在空中断裂的话，我们都会没命的
所以我狂奔而去，手上都是皱纹和老人斑
我们在途中荡漾，相信并渴望风雨的暴力
把我们送到对面的青山
我们的国度，在那里，埋藏着白银矿产
我们不能妥协于任何的威胁
因为我们有花不完的资产，我们需要的露水不是在草丛里
而是在空中那粒干燥的矿石里

2007 – 01 – 19

她

她入门,必先打开阳台的玻璃门
然后无所事事地回到室内
这个动作只是一个空动作
因为我马上关了那扇门
她却忘记生气
她根本记不得曾经打开过它
她现在正专心致志吸一罐纸装的冷牛奶
白而虚无

2007

献　给

你来到我的左耳,讲一朵花陈旧的秘密
一朵花陈旧的比喻

我不需要这朵花的未来
我要赶在它变成果实之前
把它打落

那么,就可以把我这朵花
献给你去比喻

2007 – 02

海 底 之 谜

巡逻队员出现了
他们用手电筒照我的脸:为什么一个人坐在芦苇旁?
我不能告诉他,我的新郎在大海深处,就要跃上岸来了
这月黑风高的,我唱一首歌谣给你听吧
我的爱人就要浮出水面了,亲爱的巡逻队员
如果你愿意,你也坐下来和我一起等他好了

2007 – 02

四夕说，梅花开了

四夕说，梅花开了，你要不要来
去年在杭州，她邀我至临安
那时青叶未发，一切待定，难以答应
今日呢？我心若无，正好出发赏梅

路途上有多少人在赶赴呢？
她说不知道。"一天一落英，
来不来你看着办。"这对我真是致命的吓唬
自古我爱梅花四夕爱桃花
看不看梅花，她也无所谓，她希望我去，只是想看此梅而非彼梅。

路途上到底有多少人在赶赴？临安我去了
那时心软，多待了两天
回来就老了
天太暖，开的可是我的梅？
那里的梅花，可否比得上紫麓亭的梅花
扑簌扑簌落了十几年，现在锁在深深天井

"你帮我拍下来吧。"

好歹望梅止渴,临安我就不去了

雪山之巅见

2007 - 03 - 01

变 形 的 速 度

这几年,我有埋掉电梯
一个人慢慢走在昏暗的楼梯转角的轻微快乐
你能理解其中的委屈和恶作剧带来的快乐吗?

我从我讨厌见到的 A 先生门口经过
看见他的左颊上还残留着一抹隔夜的口红
我从我常暗中取笑的 C 小姐门口经过
看见她的头发喷洒了啫哩,看起来有人造的鲜嫩和可人

我从去年到今年一直花开不败的扶桑前经过
我从斗志旺盛的非洲仙人球边经过
雨水照耀在我的身上
雨水使我的脸上找不到你要的那粒泪水

2007

这 颗 滚 动 的 花 生 米

一座破碎的山河,能抵得上十座崭新的马厩吗?

听一个酒鬼沿街高歌:有酒好过一天做梦到天黑

另一个唱和:你永远不懂我的心,像白天不懂夜的黑

天是高远的。镜子是低悬的。人心时浮时沉

天为上,镜子为下,人啊

你这颗滚动的花生米

下酒的花生米

现在就夹在两根筷子中间

2007

动 物 园

白孔雀的求偶很有意思
它朝游人张开屁股上的羽毛
把一朵洁白的花突然绽放在众人面前
其实是绽放在母孔雀面前
我们同时看见它红红的屁股夸张地敞开着
与那朵洁白的羽毛同时被看见

远处大象在空中走钢丝
驯兽员忙上忙下挥舞着帽子
我们从来不缺少驯兽员
我的心里牛马成群,请你随便牵它一头出来
驯养一番,以备代替我前往表演

2007－03－29

倾听二十四节

一

为听，要在耳朵里养天鹅。
其实不必。
为听，今世可以无视咒语。

二

怎样留住隔夜的箫声？
那黑郁金香？那狐假虎威？那金黄的耳垂？
原谅全部的消弭吧。自然的法则摧枯拉朽
来不及的
来得及。

三

我们擅长打赌，实无输赢之心
比画着手，虎豹对峙
虎豹相欺，相忘于山林

四

不要紧张日出东窗

在异地，我们也可以好好回家

五

不消说，你不在。
你在听筒里，齿缝里，肚肠里，良知里，制约里
梭罗里。九湖里。桃子里。魂魄里。日暮里。

六

他听。整个世界只有他的两只耳朵。

七

你遭遇了什么？虎狼之心？妇人之仁？老来纯？
或者后山的一只瓮？厨房的一把葱？阳台上一条孤零零的三
角裤？
不要轻易取笑他人，落下现代人的毛病
不要点着檀香打麻将
虽然你阻止不了坦克
阻止不了槭树在夜间发红
起码你得阻止你向自己屈服

八

身怀绝技的人不需要策马扬鞭
他没有鞭子，绝不使用风声

九

安静，使我们无声地急驰，又在原地相爱。

十

雏菊的影子欢畅
我的倾听者,他在睡去
眉毛和胡子沉静
你听,海洋骑在机翼上
你听。让我爱你
那拥有的。那将要失去的

十一

在闪电的缝隙,贴身拥抱后只求速朽
这样才不会招致突然出现的月光的嘲弄
听见细微的声音了吗? 它正在取得胜利
后来得知,这胜利在十步之内
是你体内弄出来的声响

十二

"没有我倾听谁倾听"
"没有我诉说谁诉说"

十三

有摧有折。有毁有灭
有枯有荣
有不听有听
有听有静静地等

95

荣耀地生

十四

能有什么风光,能够把你从身体里拔出来
转向对它的欣赏?
他者是他者的雕栏
我们才是我们的故国

十五

从荒凉中浮起来
从礁石的背后浮起来
捕鱼人还未出海
晨曦还在睡觉
礁石有它的香火和子嗣
海水有它的器官和古训

十六

你的身体奇痒无比
必须到我的身上解痒
东方渐渐暴露它的欲望
白日,人们致力于改写的白天
那么快地
就要来了

十七

我们坐在翅膀上,大海蔚蓝,儿女如花

看他们长大，我们衰老，所幸无人能识

我们把金币抛入大海

如此交代此生：以我们的爱

赢得垂老，再垂老

十八

今天气温适中

花粉适中，未见过敏现象

小李继续在阳台练习飞刀

箭矢没墙二寸，尾瓴颤巍巍

十九

半夜起来上卫生间，从窗口望出去

城际快捷酒店的房间窗帘飘忽

灯人扶墙，影影绰绰

他们尚未睡去，或开始干活，人体坍塌

或充满白昼将临之忧

二十

加冕。

无冕。

丰碑不能轻易命名

碑文要有些许的磨灭

这一生到最后，要让它只剩下我们两人的故事

在绸缎里

在绳索里
在梅花里

二十一

第二年
我爱你的肉体胜过爱你的灵魂

二十二

稍事停留,继续滑翔,你到哪里我到哪里

夜彻底暗下来
万事万物有的是时间
浓稠的黑
泼墨的黑

二十三

怡庭!
她不出声。
我的女儿,她圆润,洁净。
那么好吧,
木书! 我叫,我的儿子。

三月怡庭,谣曲在响
六月木书,檀香在睡

我们双双隐藏在人间
继续使用隐身术
继续儿女环绕,玉佩叮当
满大街滚动着我们的松果
我们抚慰,这一对或几对小美兽。

小美兽啊,
填满院子和箩筐

二十四

他们的园子荒废了
我们的海洋无须建设
在海面上,我们永存一个家
陈设有如下物品:
云彩。飞机。火车。岛屿。喷头。发丝。
晚年。

2007 – 06 – 26

在 湛 山 寺

在湛山寺
看见观音和弥勒相依偎
坐在高高的屋顶
（为什么会把他们放在屋顶？）
他们的恩爱有些突兀

而我是不速之客吧
啊不
我是庸俗的人
有不得要领的联想力

罗汉松合欢和百合
在一堵红墙下怒放
无形。无野心。无叙述
只我有莫名的惆怅
既想除掉一座废墟
又想整修一座夜的子宫
既想把池塘里的水倒干净
希望倒出一面镜子

又怕泥淖现身,碎了镜子
我觉得陌生而有力量,伸手一揽
错把杏叶当黄袍加身
错把身边人
差点推向石壁那边去

2007 – 06

在崂山

有九株老杏树,在崂山上。
我在杏树下仰头看了很久,直到脖子酸了。
先是看看有没有白果,再看看叶子有没有黄澄澄,
最后看它为什么这么老了还活着,等我死了,它一定还在这里。
从杏树下走出来,去了一座寺院,
僧侣们拿着饭钵奔向食堂,
他们的饥饿不是宗教,胜似宗教。

2007 – 06

物　种

立夏来了

俘虏在磨绳

雀鸟举着系有铜圈的细腿

在笼子里扑腾

爬虫类会把虫卵放在水里

只带走一具无卵皮囊

你要小心，你的手心

如果有一天接住一滴腥臊的粪便

也许是它又一次回来重新生产

在它和它的同类眼中，没有虫龙之分

只言爬行术修炼

只言卵多卵少

只言如何更巧妙地

把卵放入水里

孵出一只鹦鹉来

2007 - 06

女 人

一个女人

她简单的生活被蛮不讲理地复杂化了

她幽冷的手和双乳

在月光下更加惨白

她的腹部那条褐色蜈蚣慢慢活了过来

胸口那只别人塞给她的大灰狼也缓过劲来

她租赁的胡同不够她用来逃跑时使用

2007－07－30

演 奏 者

我似乎也有过害怕的时候
有两次在岛屿听聋哑的孩子和他的父亲弹柳琴
父亲的十指尖如嫩笋；他怎么可以拥有那样一双过度优雅的手？
他怎么可以让他的孩子和他一样听不见自己的琴声？

在地下通道扔两枚硬币给那个用长箫演奏红梅赞的人
这是挣脱自己的某种策略
直至我走出昏暗的通道
把月色踩在鞋底，才知道贫穷
闪烁的那抹银灰的软光
照在一个肺痨者的脸上
也会发出"呼噜呼噜"声

2007 – 08

技 艺

我有足够的胆量,奔向那团黑影
我教给她绝望,在绝望中绣花
把一年换算成几个绣花日
教会她褪下的衣裳,当第二天起床出外见人时
能够毫无折痕地,投入新的街区
而那一半癫狂,收藏得天衣无缝
好像从来不曾被击溃过
从来不曾离席去过别处

2007－08

火 车 经 过 平 原

水稻正在扬花

柳枝向上高耸

怒放的蜀葵在平民的小院里, 红和白

这就是 Y 省的田野和少许的河流

下一站, G 省就要展开

我突然对着南方遥叹

我没有背叛那里的湖水

如今在他乡

我要在途中过上纸包火的十天

让我把福建遗忘

2007 – 08

良　宵

　　零点四十分,永红电子厂加班的女工从厂区鱼贯而出,叽叽喳喳之后不知所终。

　　七星路两排"密西西比树"永不落叶。"密西西比树"是我对未知事物的强行命名。

　　(我爱怎么命名就怎么命名,就像今天,伍尔芙把她的墙上斑点强行塞给了我这个读者。)

　　在他们眼里,我在高处因此获得了迷魂,

　　在我眼里,我获得恩惠。

　　我在六楼的阳台,只欠夜色一次

　　纵身一跳。

　　我叹息,我获得赦免。

　　"我消失,

　　你也即无声音可听。"(北村《周渔的火车》)

　　我叹息。这无人的良宵。

2007 - 09 - 20

象　限

一、象限

我暂住的后阳台即大海
此前我曾经无限哀思于它的浩大无极和一去不返
当今天我旋开阳台的门,它猛然扑向我的时候
我觉得我如此靠近它,近乎是一种无礼
我匆匆回到屋内,却抵挡不住刚才正面一见的诱惑
又从窗户的玻璃向外看

我发现通过方形窗户的截取之后
海面显得柔和了许多,这使我怯生生地又向前走了一步
哗啦……大约有六米高的巨浪从窗下猛甩上来
无论我怎么劝慰自己,我觉得我是不能这样亲眼洞见它的凶险的
大限之物,是无法与无限较量的
哪怕我仅仅出于膜拜的初衷

二、无之用

它从未知处运来成吨白色泡沫

涂抹在岸边和礁石上
"这些破碎无用的东西。"
但我不敢声张，不敢说它就是大海的口水
天下无用者往往难断其用

早晨起来重新推开窗子
发现一夜之间一切都被抹光抹平了
一对新人在沙滩拍摄婚纱照
摄影师让他们接吻
女子踮高了脚尖，"沿着正在生长的茎，献出一朵谦卑的花"。
他们面前的沙滩洁白得无可挑剔
昨夜的风暴已经清洗了肮脏
这马槽边被洗得干干净净的圣餐
你们谁都可以来领一份

三、十月有疾

十月金秋，有人赶着赴死
有人来到大海边换上泳衣下海游了几趟
把沉重的肉身带回他陈旧阴暗的浴室
此时，当我再度写到"远方"
远方已经在远方死去
我羞愧地关闭了窗户
打开水龙头把三个水池灌满了水

我羞愧于这么多年，连一个远方也无疾而终

而此前我准备的火车和飞机已经锈迹斑斑

母亲这样教训我："你如果想心里安静，就把飞机和火车拿去埋掉。"

我心中自有愤懑，一个爱恨交织过度的人

再小的蘑菇，都会把她的头盖骨击碎

四、大海训

这一生我写不过你

我多次在你面前认输

其实我本来就不该拿你做参照

你这天地间最后一张王牌

赢取了全部时间的暴君

我来你的此岸洗了耳朵

走到彼岸就耳聋

你在最低处，却需要我多少次为你俯身

日日惊涛拍岸，剧痛压胸

"云霞明灭或可睹"

"烟涛微茫信难求"

五、消磨

几经消磨，如今陆续期满

明于向前，实为落荒

一列火车停止不了呜咽

一条深巷百朵白昙瞬间燃烧后死于孤寂

大路空荡荡。行人无魂可断

他们没有胆量拿大海作嘲
但他们有他们的器物可以拿来互相攻击取乐

月光下几条大犬追逐着自己的影子
暗下来的人,挣脱了几次都没有再点燃过
他被从床上拖下地来
有人重新把他的旧梦扶上床

六、海诫

看老虎擅于跳峡不心慌
看佳人精于算账不脸红
同日,看渡船渡人不渡身不说话
看园中鸢尾栽到水缸里不起哄

有惊惧就手握檀香
但不要用微雕的眼光看大海
不要用海水刷牙和洗脚
让霞光自己消退到马尾松和沙蒿后面
至此,我的怜悯恰好用完
你则刚刚出现。还有谁的火星可以借你一截?
无人应和。
还有谁可以依赖?
“我!”
花已开败
海水永不穷尽

七、练习簿

在时光练习簿上,它不断练习前进和撤退。不断被激怒,被删除,屡败屡战

不断被强行押送回岸,不断被逮捕归案

不断练习告别,不断练习抽刀断水。又自制牢狱,把自己送上断头台

有多少覆盖和遮蔽,就有多少裸露和呈现
苦辛辗转,昼夜更替,内部充满腹诽,每天光鲜蔚蓝

八、垂老别

我们都是它的观光者
它的岸边未来的垂老者
它那部"无家别"和"垂老别"已经来到我的身上
这累世的流放
又要生下一群冒险家,从头活到脚
用来解决死生的问题
我怀疑它有真正练习的机会
因为它还在继续被擦拭,并将无期限地被擦拭
到无,到浩淼而空。

九、息于喧哗

至多再听一遍喧哗

一浪高过一浪的喧哗
它最终也是要停息的
尽管之后必将有别的喧哗前来接替
但至少这个自以为是的喧哗是要结束的

2007 – 10 – 12—14 于皓月园

欢 歌 或 葬 礼

这就是十二月？

但我要忍住。
因为有一个愿望终得以实现，
即：
时间将从我这里拿走全部——
1.73GB 的照片。八十九封信。
天堂鸟。九湖。夜里发光的柚子。

我这就等着，
让它最后拿走
我。
以及那耗尽我一生的
才华。
悲喜。
老。
爱。
在南北渐渐暗去的
我的（我们的）
金币。

2007.12

向 晚 之 歌

2007 年冬天,向晚。一个人的宗教又在发抖
我到阳台的风中祈祷。祈祷总是这样
就像一个盲人钢琴师,习惯性地走向钢琴
我边祷告边戳死一只瘦小的蚂蚁
就像我将会被另一只比我强悍的手指
顺便戳死在另一个向晚的冬天

2007－12

圣　餐

　　"我冷。"对着窗帘说。四周无人
　　窗帘摇了摇头,再摇了摇身子
　　我加了大衣。打电话给楼下的饭馆:
　　"请给我一份白色牛肉粉。"
　　"对不起,今天没有送餐。"
　　这正中我下怀。不是我不吃,是今天没有送餐
　　基督不亲自送餐,我就可以不吃
　　啊,这可爱的圣餐,我把你赦免

2007 – 12

摇 着 摇 着

我的学生写:"我赴汤,却不是为了蹈火;我出生,却不是为了
入死。"

妙啊,人生不值得为未曾到来的戏文垒筑前言

你记着,千万不要向别人提起你们曾经同穿一条裙子

更不要愚蠢地描述那条裙子有多干净

你要相信一些橘子在枝头摇着摇着臀部就红了

2008 – 01 – 05

绮 园 记

一、麻雀或鹈

一只麻雀。两只麻雀。十百只麻雀
落在槭树的树梢。
到底是麻雀还是白头鹈？
我们争执了一会儿,后来你又说是绿头鹈
我们看不见它们的头部
霜雪占据了巢穴,它们扑腾来扑腾去
隔壁就是苦楝和紫藤
它们也并不飞过去。它们从这棵槭树的南边
跳到这棵槭树的北边
总在同一棵槭树上
我若要成为它们里的一只
得跳十百棵树

二、梅花边

银杏掉光了叶子。榉树掉光了叶子
二球悬铃木掉光了叶子
水塘里的藕茎,看起来是死去的

你说那是活的,掉光了叶子的树都是活的
我的心脏有若干气泡被挤出来
用力在树干上敲出了响声
地上落满不知名的果子,剥开果肉,里面有糖浆逸出
我经过很多烂果子和灰树干
保持着匀速。保持着与它们亲热的距离
跳过几颗石头,一下子落在梅花边

三、桂树

桂树有两种
一种叶子平滑,叶脉清楚
一种叶脉深凹,形如雕刻
结子的这株就是叶如镌刻。
桂树竟然也结子。而且必须是十来株母桂和一株雄桂待在一起
其中一株母桂才能结子。
它是否是最情愿的一棵? 还是最不守节的一棵?
捏了捏尖尖的果子,籽实不是太饱满
"这棵桂树不太情愿。"

四、麦冬或更远那里

走在滑硬的冰片上,经过大叶黄杨和朴树
经过几座小假山和一池绿水
在一个茶亭停了下来。在飞雪中站着喝了一杯绿茶
我的手套里有十二只麻雀。我的脸上有十二只麻雀
它们的爪子在我的肌肉上抓来抓去

青苔新鲜。园里寂静

掰开一粒树籽嗅了嗅,白仁微涩

又嗅了一片青叶

跳下台阶。麦冬顶着白帽蹲在阶旁

越过麦冬,去了更远那里

五、泡桐

泡桐和楝树很相似,银灰,直指向空气

雪在屋顶上融化了一半

一半银光正好用来照亮一半乌瓦

蜡梅在低处,并不在乎上面的雪

它由一层蜡质包裹,枯萎看不见,似年年盛开

另一个园子里有梅花。我从那里经过

故意不看它,直接走向泡桐

六、种子

种子在夜里的风中有蛮荒的岁月

白天人们带着激情抚花弄叶,描红画绿

但那些不情愿的受精呢?那些苦涩的怀孕呢?

只是生米煮成熟饭,白天到来

木樨还是顶着一个大肚子出来招呼客人

灌木的叶子犹在。乔木则不同

树上剩余的叶子,脚下无断的尘土和道路

2008 – 01 – 31

小山坡

共有孔雀四只,在万石植物园散步
一夫一妻二妾制
肥胖的那只是妻,娇瘦的两只是妾
妻在中,妾在后
和谐。迷恋。各自心事重重

我偷偷跟着它们走了很长一段路
担心打扰了它们
所以我一直斜着走
一直斜上一座小山坡
直到有一团麻痹袭上我的双腿

2008 - 02

倾　斜

昨天脖子扭伤了
今天看人,人人都朝日影的一边倾斜
看自己也是如此
看母亲,再看父亲
他们合成一个人就端正了

风往树梢吹,曲线一样到达那只鸟的左翅
那只鸟趔趄了一下,靠紧树枝,树枝斜向一旁
我的视觉良好,然而由于视角的问题
请允许我偏颇地把你的痛苦看成斜角的快乐

2008 – 02

机 场 之 歌

在机场排队换登机牌
漫长的队伍终于轮到我走到美丽小姐的电脑前
我把票递过去,她白色的小手柔软地伸过来
一会儿她温柔地告诉我,还没有登机口,请您稍等

肉体开始倾斜。我向一个空位子走去
旁边是一个女人,她拨了拨位子上的行李
"你先坐吧,他去卫生间。"
"他"指她的丈夫。位子尚留余温

我在游丝一般的余温里竟然打了一个盹
这让我吃惊。我想我一定是可以发胖的
马尔克斯告诉我,当一个人到了无所求时
他就会吃个天昏地暗。自从汉娜不听朗读后
到她死去时已经相当肥胖了

一个小睡醒来,觉得一万年,舒服得想流泪
有人发短信来关切,于是顺便把泪流下来
一万年太短,只争朝夕。其实只是睡了两分钟

继续去排队。"对不起,还没有登机口。"

除了登机口,还有没有哪一扇门可以进入机舱?
正不服气中,那人的丈夫回来了
我站起来,他说,不,你坐
我还是站起来。删除一条本想发出的短信
离登机只有二十分钟,我继续排队
回望身后,队伍空荡荡

2008 – 02 – 16

瓮在山腰

瓮在山腰。
"后山那些瓮。"但是,算了
"不用看了,我知道的。"吕说。
好,那我们上车。
那些瓮。那个烟火冰冷的老窖

不要模拟希腊和济慈
我们应该要有自己的瓮
我们应该要有自己挥却不去的伤悲
坐在车里,沿着山路一路不停地唱下去
只等暮色来把我们掩护

2008 – 03 – 12

蟑螂宝贝，或留在我这里的奸臣

我刚和蟑螂分吃了一只苹果和一些小西红柿
小宝贝在我面前散步很久了
我轻拂它一下，它忸忸怩怩顺着桌缝溜进抽屉
它知道我喜欢它，常常过来卖乖
也搬走一些东西去别的地方
搞不清楚去给谁用，也许是给二奶吧

它们的数量渐渐多了起来，多得数不胜数
慢悠悠从左边旅行到右边
来到了杯沿，最后在某一本书的封面闭目养神一会儿
爬到一袋乌梅身上撒娇

我和它都不爱出声，都在这世间爬来爬去
它比我小得多，还有很多比我小的，比你小的
它们都有和我和你一样的权利，不想死时就活着
它们有时在我手上爬，在我脚上爬
如果不是我怕痒，我是不会把它们推开的
它们被我推开后，就到别处玩儿去了

下一次我见到另外的宝贝，我问它："花花去哪儿了？"
它说，她生孩子去了，要四十八小时后才坐满月子
太好了，这个国家开始人丁兴旺
它们如果想搞一场小型战争什么的
看来时机很快就合宜了
不待春秋就可以开工了

我是这样养着诸侯和未来的骁将，有可能还有奸臣
它们的秩序在我这里既是王道也有暴政
因为它们很快就把一块香喷喷的饼干
和一粒甜美的糖果当作王国来割据了
我笑吟吟地抚弄着它们的脊背：
看来，这真是养道成霸，养霸成霸啊

2008

看见飞机你不要有哀伤

没翅膀的,在等有翅膀的。
无尽的出发,
剔除不了他人,就剔除自己。
有一部分烟云留在原地,
有一部分非要升上万米高空。
那就让它升去吧。

现在它要在云层待一段时间,
一部分用来纪念已经死去的,
一部分用来印证留下来的。

有时让消沉来消费余生,
有时让热血上涌一会儿。
如果发觉皆不合时宜,
遇到冰层就要懂得屈就。
如果停止向空中点灯,
就要有激情被消耗殆尽的准备。

暂且这样吧。

如果夜太长，
就把纠结的睡梦赶入洪流，
那样，狂热就会变得安静。
那样，她即使不再跳舞，
容颜里也已没有了哀伤。

2008

我 和 你 提 到 芭 乐 和 萘

我和你提到芭乐和萘,你说从没有听过这水果名。

那么当我说,"石头皮"和"上李"都是很好吃的水果你信不信?

你一定说哎呀这水果从没听过,什么时候得尝一尝。

就像有两次,我和朋友走在七星路上,他们问我那是什么树,我说是密西西比树。

从此他们乐意把它叫作密西西比树。

其实我只是随便给它个名,后来是植物学家告诉我那树叫非洲楝。

现在我如实告诉你,石头皮和上李是公交站名。

可是你没有见过的水果太多,冠上任何一种称谓,

你又怎么会知道。

即使你见过很多水果,只要你不知道它的名字,

石头皮和上李都可以是它的名字。

2008

此前李花哪里去

李树的枝条硬朗,微黑
像是在黄昏里的一个降调
我因此焦虑,错把梨花当李花
大叫:"停车停车,等一等,花要谢了!"
这样的念想只存于途中,明明灭灭
待到饭馆坐定,谈笑风生间,大家说到榛子面
早已翻云覆雨
更无从知道
刚才停留的地方
油萘长得比梨花更像李花

2008－03

八哥赋

你为何有六只八哥？

为何有八个副本？

为何有十二座嗓子？

为何对着观音说盼子，对着弥勒说未婚？

历时半生，从谨小慎微

到穿着迷彩服在十字路口晃荡

到没有羞耻可言

彻底忘记江上清风，渚上月色

你要我也忘记这几十年

把戏台搭建到床前的拖鞋边

坐在床上看戏看到睡去

看戏看到老年痴呆

把鹦鹉领回家来饲养

直到嗓子多得无处放置

"早上好！""谢谢！""再见！"

不知是主人的声音，还是八哥的声音

接着听见开门泼水的声音，关门的声音

出门去献丑

2008－04

133

短 歌 · 狼 毒 花

一

春风来唱和。我不是春天,你是。
赶早的人不是我,昨夜的绵羊睡不着觉,
腾空的羊蹄下面,
是三丛狼毒花。

二

今夜万山明亮又沉寂,
独克宗古城只我一人,还有那万顷星辰。
告诉你我在这里,但为什么你找不到我?
四方街的灯笼垂挂着,你的灯笼挂在羊角上。

三

高原上的雪远远地守着卡瓦格博。
我伏在石头上。寂寞的红嘴鸦,
你是松赞林的吉祥鸟。
油菜花有黄也有白,天边的云朵有黄也有白。

四

我没有来过，我没有得到更新。
我前来更新。把香气和清泉带回去，
我在这里清洗伤口，我穿着崭新的服饰，
走向青山照应的马儿

五

紫气东来，日日旧，日日新。
红日万丈，是雪光照着来路。
天边的人游移不定，他要去哪里？乘风上穹顶，
他要落到我的脚踝，低头看见我长长的身影。

六

它在沉睡，缠绕着玉带和绫罗。
落日的金屑撒满我的前额。我的妈妈问我那里冷不冷。
暖人间啊，这里黑夜很短，我早早醒来惦记着我的人，
他的纽扣开到天上来了，他和月光扰我清梦。

七

玛尼经响起来了，玛尼经。
山冈上玉米是玉米，向日葵是向日葵，
从不混淆。火烧火燎的玉米地。
火烧火燎的向日葵花。

八

附近的松鸡叫了三遍,不要讨厌窗外的藏獒,
我也是刚刚知道它的忠诚。
因为它的忠诚,要原谅它的残忍。
不要把骨头扔给它,这是对它的侮辱。

九

我的兄弟戴着旧毡帽,叼着一枝山下没有的野花,
他叫山冈,落日。坚硬的奶酪,布达。
我来自被洗掠的南方,那里金钱冒着绿光。
我的兄弟叫我别心慌,短叶柳跌倒在碧塔海也会活下来。

十

草甸上走着红嘴鸦,草甸上开着报春花。
草甸上坐着外乡人,草甸上铺着碎星星。
我发觉我消瘦,我发觉我发胀,
顺着梅里山脉的雪水流向不知不觉处。

十一

喇嘛在寺院长长的台阶上奔驰,他们要去商店买东西。
喇嘛在寺院高高的台阶上唱歌。
喇嘛在汽车的后视镜里照镜子。
松赞林寺上空盘旋着吉祥的乌鸦。

十二

杜鹃低着头燃烧。家里的妹妹问我吃饭了没。

赶马的汉子脸庞又黑又红。

星空似宝石大窟,樱桃夜夜挂在湖水上。

摘了一千年。摘了一万年。

十三

我为什么不相信幸福?它滚烫地胀满我的双乳。

刻骨销蚀的孤独,有一个人给我安抚。

他是天边直入云海的松芝,

身上摇荡着轻柔的青萝。

十四

森森的牛骨高高挂,那是洁白的牛骨,

红丝绳上一只牛蝇也没有。

我在高处传递给你声音,这一生干净,

你来清泉边把我领走。

十五

苦大夺目的云朵,圆形卷毛的牦牛。

我清洁的身体一直是他的,

不管他的口袋里有多少风尘。

我把青稞小麦和他的名字撒在尖尖的铜塔。

十六

泉水我来领取，一人一份，要我回去过日子。
我贪心多领了一份，送给我的爱人，
他住在很远很远的地方，
如果有惩罚，请将鞭子赐予我。

十七

桃花催人老，不要去攀折。
城头的经筒，城尾的铃音。
去年今日可怀可抱，你的胸膛惠风和畅。
今年今日我在普达措，手里的柳枝长变短。

十八

妇人背着婴孩在四方街跳舞，
婴孩在妇人背上睡着了。
客栈的服务阿姨系着白色的围裙在四方街跳舞，
一只灰松鼠叼着一粒玉米粒儿来跳舞。

十九

牦牛伸长脖子，牦牛的眼里淌着泪，
它是我上午骑过的，现在依偎在主人身旁。
你有没有雪绒花，让我拿去插在它的眼睛里。
我遇见了干巴赞，他叫我别哭。

二十

我说我有亲人眼睛瞎了。
今年五月在川山下祈祷失效,
他们有十万人再也看不见光了。
干巴赞啊,为什么你摇了摇头不说话?

二十一

守时的报钟花开口说话了,
莫非是叫我快点回家去。
有多晚了,一封信寄出去多久了,
为了被风雪和群山所收读。

二十二

扎尼大妈今年四十四,我怕伤她心只猜她六十岁。
她说上半辈子劳累给累老的,
请不要叫我大妈叫姐姐。
老姐姐啊,用雪水洗脸,佛陀的五指梳理你的乱发。

二十三

牦牛从我身边甩着尾巴走过去。
跳过来一只青蛙。那是不是一只青蛙,
扑通一声不见了。滚圆滚圆的牦牛,
毛发里有黑白的漩涡。

二十四

妇女的背箩里有一把弯弯的镰刀，
她把油菜地里长得比油菜花高的草割下来，
放到箩筐里。她的腮帮有两坨红斑，
坝子顶的女人都这样。

二十五

大理卖白兰的妇女叫我："金花，买一串吧。"
中甸卖银饰的妇女叫我："卓玛，买一只嘛。"
金花，卓玛，你长长的彩裙拖在地上，
给我白兰花，给我银镯子。

二十六

东边的雨打过来，我躲到西边。
西边的雨打过来，我已经跑到桃树下。
桃树结着尖尖的果子，青青苦苦的果子，
长长的绒毛，雨怎么淋也淋不湿。

二十七

核桃绿油油，孩子黑油油。
灯盏绿油油，靴子黑油油。
阿夏坐一边，阿注坐一边。
家里当喇嘛的是老幺，笑眯眯地站着。

二十八

两眼湖泊歇在河谷里，
它是天上跑累了的镜子，
它不出声。它更蓝更蓝。
静静地歇在河谷里。

二十九

最小的孩子小学三年级，他不再读书了。
他是一个小小的导游，
刚刚为家里挣了十块钱，
手上脸上又脏又红。

三十

为那只被收回的戒指，
终生羞愧难当。
所以下山去买一只银戒，一只碧玺，
自己来佩戴。

三十一

拖拉机开过来了。
骄傲的拖拉机手骑着嗒嗒嗒的铁骑，
上面站着四头高傲的奶牛。
他家的栅栏很结实，他要把牲畜填满他家的栅栏。

三十二

大丽花塞满整个院子,客人和她挤来挤去。

向日葵通宵达旦吐着籽。

如果你愿意,我们躺到葵花树下。

那里还有新苗叫蜀葵。

三十三

卡卓刀是天下最好的刀,没有阴影只有热血。

砍下的柴薪没有灰烬只有骨头。

卡瓦格博,什么时候我才能见到你,

而你天天见到你的缅茨姆。*

三十四

我要把你抱到这里来,

结束这一生的动荡,与我这一生团聚,

不再山高水远。我要永在这里,

纠缠着不让你散失,催魂催魄到白头。

三十五

春天来种梨树,夏天来给玛尼堆放石头。

这里没有象征,没有词语的缠绕。

这里有核桃,你的大手一揉就碎,

白白嫩嫩的心肝碎了又碎。

三十六

不要回头,那散了一地的核桃,

在石头上滚来滚去。

我不是来朝圣,

是来放下。

三十七

所有的美意,就是红尘。

所有的美意,就是领我出山。

去意和来意,生化于无意。

所以明白这几年,我们为什么在月光下打打闹闹,聚聚散散。

三十八

春风放行,绳子下坠。

听见松针插进云层的轰鸣。

听见日头赶着鸡叫声。我的胸口有一部鼓风机,

加快脚步,我要赶上早晨转山的队伍。

三十九

谁说不能贪睡啖山色!

卡瓦格博露出真面目。

从这里跳下去,从这里升起来。

如果你来,在神瀑下转一回身。

四十

天阴沉,苍穹低。洗涤还没有结束,要延续一生。
肉体枯涩,天空透明。
隐藏的都拿出来,我们的女儿我也拿出来。
看哪,在这里她通体透明,无愧于我们的爱意!

　*卡瓦格博是梅里雪山主峰,藏人心里的神山,不可攀越亵
渎。缅茨姆峰传为卡瓦格博峰之妻。

2008 - 07 - 04 于香格里拉

驯 兽 场

一

如果干脆作为国家的一个盲流

也许叫嚣会逐渐变弱变软

会有来自舌头下的平庸之谈,把苦闷的"解放"放弃

你们喂养的野兽也会走到栅栏外散步

会看见一口寓意复杂的烟囱般的深井

把白日的浮饰与黑夜的消沉统统吃掉后

十分乐意地变成装满瓦砾的废弃无用之井

二

为什么是轿子和老爷的态势?

又为什么是轿子和老爷的态势把你吓着了?

为什么不是鬼来敲门把你的魂魄拿走

而是扮演钟馗的人,把人赶向牲畜的寮厩?

三

左眼对一个煎熬到最后化假为真的传说悲伤

这一天再次流泪了。如何才能使路上的行人

除了为被强行推向石磨的那只技术之手断魂
还懂得为杏花无端开遍山峦而断魂？

生锈的哑铃被拿出来，在门廊练习开口
有一个老头在教它说话，"话说孔雀雌雄的辨别……"
你躲在门洞里窃笑
更多没有勇气发出的声音，寄托在那只哑铃身上

那么，右眼所见呢？
浮云几朵，早已移向西山
而良心逐渐演变成地上爬行的蜥蜴
把三只带来奇痒的蚊虫吞下之后，丢弃尾巴
出现在另一面旗帜林立的墙壁上

四

站在一个谁都不知道已经积累多少年怨愤的地壳上
同样可以预设，百十年之后我所站立的岛屿
将拿走比二十万人更加庞大的欢娱，和难以平息的海水的喧腾
那一声云端的断喝未必被听见，更不可能受欢迎
这使多嘴的预言家彳亍于青天白日
陷入红旗预演的和平里茫然失措

为川山下的亡灵哭泣是真实的
遗忘在加速也是真实的
遗忘的天理是，为死去的人更好地

活在这个有野兽也有冥顽的世界
持有坚决不赴死的信念

五

无知是难以抢救的
它造成的无畏成就赞美
昨日往来的白丁,一夜之间成为新贵
这些人曾经与无能为力的绝大部分人一起,哭倒在川山脚下
一起诅咒豆腐渣工程。今天他们衣冠体面
站在花团锦簇的讲台。猪猡也跑到动物园去接受驯化
并成功变异为新的品类

乐趣朝生。向醉生梦死挺进
一个婴儿来到废墟,废墟会因为新生
而转身打开塌陷的预制板,把婴儿送回母亲的怀抱吗?

六

屈子抱石怀沙,他寄寓的朝廷并未把朝纲
定制为一个奸佞的末日。充其量是
一个奸佞倒戈另一个奸佞
顺势取走那个奸佞身上的野心加诸其上

索尔仁尼琴是一个特例。
他备好了一生的流亡。终究断裂一环
现在他终于死了,使很多人松了一口气

这就是大地始料未及的仁慈和人的虚弱所需求的释怀

七

空中花园把残骸盛开在头顶
俯瞰着地面上奔走呼号的走卒
它给贩夫的衬衫口袋插上一朵红花
它还把政府救援的飞机拿去当纪念碑
把黑匣子扔在万顷莽苍的密林里让你苦苦寻找

陆地的惩戒就是以这样的方式把我们救赎
有人要为它把蒺藜和苦胆木种植在国家公墓
有人则苦心孤诣佩带泽兰和菖蒲,在孤独的剑影里
走进楚天的昏暗,就着青剑的寒光赶路

八

所有的垂死都是极其漫长的
所有的挣扎只欠肉眼无法穿越的一只针孔
赶制的袍衣尽管针脚粗劣,也要精心准备一场盛典
帝辇皇仪风云际会般赶往接受加冕

放心吧。永远没有"剩余的热情"
热情生生不息催生新的热情
它有绝对的权力把完美的仪式送往高筑的坛子
尽管它何止利用了一个美丽温柔的舞蹈家的高位截瘫来构建
还有天真的小学生被大人们带去参加假唱的热情

九

但是,我们不得不在假死带来的活路上连夜奔徙

民间微服私访已经亡逝。隐者采药,他在云深不知处

他的童子也许已经下山去会小情人了

接踵而至的问题之一:

师傅究竟在哪座山?

问题之二:

究竟有没有师傅?

问题延伸:

杜甫之死能否延后,以便让我们羞耻于生于斯长于斯?

今日的良心,早在炉膛里炼就刚硬无敌

给予一朵扶郎花,你不要。你要的是万寿菊?

不。规则已经转移变化,你要的是驯兽场

是一只孔雀开屏瞬间,那扩张的圆形屁股

是一只猴子被戏耍后带来的尖叫和暧昧的掌声

一头几吨重的大象正在表演单脚独立

它的一条腿在考验你的良知

它那浑浊的老眼里,存下你们热烈合影的倒影

十

获得神启对于多数不幸者中的少数人来说是一生的荣幸

对多数无幸无不幸的平庸者则是一个笑话

癌症患者的病房里,每天照例一束鲜花

精神位移刚刚上升一厘米,洗头的佣工就进门来了

他强调一点:你如果不把你的头低下,将会弄湿你的领子

把肮脏的水灌进你的耳膜,那可不是好玩的。

"请把你的头颅低下,现在我要送你去洗头房。"

十一

叛徒也有睡去的时候

叛徒睡着了,气味更加浓烈

他在梦中一头栽倒在台阶下。露水横陈在月光下

我不知道要赞美叛徒,还是要赞美月光

因为他们提供了一种难以被解释的美学

现在借助沉睡,使山冈的强权也似乎被取消了

十二

一个跳水投向死亡的姿态并不优雅

(不,说不定也可以做到优雅)

却成全了一个俯卧撑的意味深长

共有三人在现场,也仍然不足以作为人证

一辆叉车正好开过来,钢叉指向高处的箱体

它摧毁一个高度,建立另一个高度

在仓库的某个角落又偷偷安置另一个高度

十三

他是一个"人",现在是一只猴子

可以称之为退化,也可以称之为进化
因为他解除了与这个世界的紧张
取得了存在的合法权,弥合了他寄居在他者心里的伤口
现在单独面对这冷寂的球体,他说出了心愿:

(1)你们想把坦克开过来就开过来,直接碾上展开的山水卷轴,
我们不怕,我们已经在上面抹上了温良谦恭。你闻到一种奇怪的
味道了吗?是的,那是被润饰了的名叫火药的味道,现在,它要重
新整饬曾经柔软的情怀。

(2)我们不要征战,只想做回一只未被教唆的鹦鹉。这只鹦鹉
本不叫鹦鹉,在学舌之前未被命名,我说的是这一只,未被命名的
小小野兽。

十四

权欲就是要把赤脚游荡在山涧的王维也绑架给国家建筑
问题的症结是,王维属于哪个人的产权?
当科技吞食着日月,科技还可以制造爱
飞檐走壁的灯光把梦境装饰成五彩
听不见黑色的蝙蝠凄厉的啸叫
如果有一天蝙蝠被识见
纯属科研的需要,那么,一枝菊花和一座南山呢?

十五

我曾经在一首诗里为了写一个人的滑稽

就写他扛着煎饼在街上走
结果有人不厌其烦教我如何烙煎饼
他的美意我收下。我为他被凶狠的现实教训至如此乖巧而痛苦

十六

新日东山再起，就是要催你快点伏身屈就
这一日，伯伯成为父亲，姨娘成为母亲
孤儿成为合法的养子
华南虎跃上信口雌黄的人格保证书
左脚的鞋子在教训右脚的鞋子

没有什么荒唐是不可认下的
今年更荒凉
我在天子的座椅下，认出那只打盹的狸猫
乃是前世的夫君

他称贤明之王为君，你称之为美人
怎料美人正在伺机把你流放
罢罢了。京城一派繁华
你要蹈水取道，一日千里江河日下

十七

陶郎乐意回家种地瓜，使得一亩三分地
僧士乐意在学堂寻猫画虎，他本是叱咤寺院的无厘头
各各安身立命去吧

如果遇见僧士,请把眼镜赠予他
让他去读书,和知识仕途握手言和
和庙堂达成貌堪忧民的最值得炒作的谅解

十八

阴阳怪气的盗墓者,他无视文物的铜臭
反而加重周围腐尸的气味
接着,来了一群提着裤子的乌云
一个臀部浑圆的落日
一记提早安放在天边的人工响雷
一滴击中眼角的肥胖雨水

幻想家却是一群脱裤子放屁的家伙
他们在家门口调制彩色的鸡尾酒
在后花园进行一场犬儒的乱伦
他们不怕生出一个猪尾巴
心里偷偷巴望树顶的月亮也能咬出一口肥腻的肉馅

十九

这个遍地刀刃和丝巾的年代
来不及藏下刀刃和丝巾,有人剔除,有人悬挂
有人从十二楼跳下,一枚浆果即刻焚烧了整个路面
所以说来不及藏下的,还有高楼,丝袜,塑料袋的袋穗
至此,全部的高度和绳子的居心原形毕露

二十

深更半夜也可以把门窗高敞

因为隐瞒已经代替我们活得很像样了

唯一可怜的是竹芋的愤懑,它无法把自己当竹子

也无法把自己当芋头

它含混不清,要替两种东西去承受命名的负担

但这也不算什么值得说的事

愤懑从来只是愤懑

全体义举已经指向唯一愿意出来做证的人

使他也缩回那颗锥形的头颅

2008 – 09 – 02

头顶落满雪

（你的头顶落满雪

一个全能的神迹，寄居在你浓密的发间）

远远地，看见阿梵从博物馆走出来

她的身上落满雪

陈旧的雪，一片一片加诸其身

她那被寄居的身体，不是她的

她是被寄居的。身上除了雪，还有尘土

她一会儿要去占卜

她在梦中被许诺将得到一卦上上签

这对于一个从不占卜的人，莫非是一个激励？

加诸头顶的雪，永远不会化成水

阿梵走回博物馆，雪跟着她走回去

她有一搭没一搭地走着

只有全能的神迹

能洞察她的来去皆无

只有寄居，没有痕迹

2009 – 01

塞子的事是塞子

一个塞子,两个塞子。
两个不甜的塞子
却是两个实用的塞子
两个无须担心道德沦丧的东西
不好不坏,实践着中庸和居正
有如这个年,如此安顿
没有想法,没有"究竟"的探究

蜻蜓停止寻找枝头
荷花和高压线也都收起来
显得清楚,而不是混沌
走在一条镂空的小径
背负的几座类似花园又
不能称之为花园的东西
可以卸下来

山顶清风也不要去占有
清风它也有所遵循
空中昨夜的烟花,今早

我要去扔掉一袋隔夜的垃圾
见到满地血红的纸屑

我不以德服人
我要去扔掉昨天那声呼救
我以一个实用主义者的心情
对抗你无用的明月心

2009

辩　称

——给另一个世界的妹妹

节日里我只想一个人
她没有世界，是我硬塞给她一个世界
叫作天堂
它诞生于我的需求和安慰
为了活下去，要构制这样一个东西
所以半夜做梦，你来和我说话
我称羡你有天堂。

这只是一个简单的辩称
叫它极乐世界也行
反正你不在了，只供我今生来想
来模仿你的死
供我忏悔和平息迷狂
我握着你紫色的手
问："你到底去了哪里呀？"
你翻身坐起，说，你不是放心了吗？
我有个世界，是你给的，如今我也不知道我在哪里了。

我知道这辈子对你和自己撒下的弥天大谎
将让我永久消受
你比烟花美丽和荒谬
长存于我在这个世界某一角落偷偷设置的
狭小而秘密的灵堂
你睡下了,我没有睡下
你醒来了,我必定醒着
是你失效的母亲
是你无力的姐姐

2009 – 01 – 27

在厦门飞往昆明的飞机上

飞机在空中颠簸了十分钟
我有了很多假设
假设你从此无法打通我的电话
假设你在现场看见两个破碎的人交叠在一起
以为我愧对你
假设你看见我一个人脸朝下
胸口压着一封两年前写给你的信件
……
这些假设带给我些微乐趣，减少了恐惧
但我还是习惯拿眼睛搜索美丽的空姐
十分庆幸，我如愿看到她们脸上的笑意
她们含苞待放，青翠欲滴啊
尚且在摇摇欲坠的铁鸟上微笑
我比她们至少多活二十年吧，够了。
在对比中，这些天使及时安慰了我
让我少安毋躁。我喝水，吞唾沫
在耳鸣中终于迎来了人间大地
可爱啊！吾国吾土！
我扑向它冰冷的怀抱

空荡荡的机场下着雨

冷啊,这地面。

我向人群使劲地挥手

人群木讷地看着我

你们一定不知道,我在逃命的瞬间

是多么热爱即便是欺诈的你们

亲爱的陆地

原先我对你迷茫

如今你这样具体

连冷漠也无比生动

所以即便我发现爱你只是功利心

我也已经毫无羞愧

2009 – 03

街头卖艺

一个衣着肮脏的农民,在街边闭着眼睛
夸张地摇晃着身体吹着萨克斯
他的妻子,一个短小臃肿的妇女
蹲在丈夫旁边,正鼓起双腮吹排箫

他们是怎样学会这两种乐器的?
他们知道吹的是什么曲子吗?
他们理解"蓝色多瑙河"吗?

这些疑问来自他们手中的排箫和萨克斯
与这一对农民夫妇之间强烈的冲突
那乐器似乎快要从他们手中脱手而飞
却又被他们狠命地噙在嘴唇

天暗下来了。
丈夫在摇晃,妻子在卖力
这次妻子挪了挪位子,蹲上绿化带砌起的矮墙
他们对着血色的天空
天空下人潮汹涌恰如空无一人的街道
奋力地鼓起腮帮

2009－05－10

描　述

雨是容易的
湖水是容易的
从七星路往体育路拐弯是容易的

空山新雨就不容易了
故国月明就不容易了
其中的转折和过渡很是折磨人
多年来我混迹其间,有所抱怨:
"不行啊,这样下去。"
一边却竭力要把它描述清楚
兼对黑咻咻的影子里
那个巨大的头像有探询之心:
你是谁? 为什么要徒劳地
在一张白纸上晃来晃去?

2009 – 06

在一丛竹子下讨论湖水

那一年我们在一丛竹子下讨论湖水
说着说着就顺带进永恒这个话题
湖水清且涟漪
你投向湖心两颗小石子
发出小小的两声扑通
之后我们没有再坚持
只用相机拍下湖水和湖心撒食的养鱼人
我们清楚这湖水的蓝
一时解决不了我们的困惑
我摸着你身上的肌肉
确信肉体的慰藉要远胜于对永恒的崇尚
你的身体是温暖的,像一座结实的小山

最后我们累了,站起来走了走
草色暗绿。我们互为对方拍去屁股上的草屑
只用一条五十米的堤岸就把一生讨论得差不多了
剩下的时间默默无话
然后各自散去,各回到七千里外
像一根细针插回绵绵的生活

与没有见过湖水的蓝

没有讨论过永恒这个话题之前的样子

毫无二致

而寄存在你我体内的那部分物质

通过时间的作用变成满满当当的虚无

2009

废　物

有一截明月暗藏秋霜
瘸腿照在广场上,乖顺又荒废
我是一个常走夜路的人
每次要经过一个大仓库
它便前来投入一截阴影
马非马,骡非骡
照得连那个走路的人
连那一地的白花花
都成了七零八落的废物
一夜间误进七座院子
都不是我的家
到早晨剩下追忆
悔不当初,把捍卫太当回事
你看那院子里都是牛粪
烟蒂和可疑的卫生纸,哪有半点
哪怕是瘸腿的明月的古意

2009

166

发　生

我透过厚厚的窗帘
看见铝锅上面水汽蒸腾
"水开了!"我几乎喊出声来
当然,后来并没有吱声。为什么不吱声呢?
确实,一般是这样,兴奋只持续二至三秒
甚至更短,短到来不及喊出口,就灭了

我把开水灌到水瓶里
好像听到水瓶喊了声:"水开了!"

这只是好像,因为最后我能听到的
只是水瓶浑浊不清的一声"咕哝"

我放下水瓶
水瓶待在茶几下
它一直待在那里
我一直待在椅子上。就这样

2009

在张家界

一、借我一夜江山

抬头低头,山河是我的山河
不是帝王的,不是体制的
它是我彼时纠集的热血心肠
一棵松一枚果
映照日月
无须羞愧

为什么今天我特别心安？
因为我无须说
我属于祖国,或者属于我那索然无味
只用来谋生的职业

今天我属于天子山上一只你从未见过的昆虫
在栗子树下长叹,一声胜过一声
胜过今生所写的诗
仅为着这座山河,如今只是我的山河
而不是你的。不是帝王公有制

何等阔绰啊,一个平头小百姓

此时拥有貌美的社稷江山

但是要避免称王。要以一条虫豸之躯
去和青山坡上的木槿享受风流
明天我就下山去
明天我把一切还给你

二、返还日

八月也还给八月
九月也给你
今年我一直心甘情愿地在返还
该是谁的谁来拿走
若是我说到"锦绣",说到"壮丽"
那都是一时的口快,心窝一热
说出去了,就是泼出去

日光无限好,宜我谢绝你
八月不会重来,明年的也不是
今天之后剩下最后一天
接着的都不是
今年的也不是去年的
去年的更不是前年的
只要我全部还掉,全都不要了
你就什么都不是。

三、在青苔之上

清楚什么,不清楚什么
把四千台阶上的青苔走完就没事了
过了三座小桥。有一座小桥四角各刻字
福。禄。寿。全。

一个人在山中走
不必去清楚什么,不清楚什么
连那四个明明灭灭的字
都可以让青苔,鸟粪,虫子的小小尸体
覆盖。你在苔藓上面滑来滑去
只需要记住把鞋子和脚
紧紧地咬在一起就行了

四、正午

山中日光散漫
公鸡是家养的
母狗喂着三只狗崽子
一窝子舒服地舔来舔去
母狗也是家养的
不是山狗
它们安静得很

五、青苔越长越肥厚

我的导游,今年六十二岁

不爱说话,在前面走一程停一程
他在等我撵上他

我不着急,坐坐走走
后来他也不着急了
拿着一把蕨叶
甩着路中挡脸的蜘蛛丝

如果我们和游客一样
不想走漫长的八千台阶
如果我们也去坐索道
蜘蛛丝就会一直晾在那里
就挡不到我们的脸
它还能养活很多蜘蛛

同理,青苔就会越长越肥厚
直至完全替代石头的颜色

六、日光漏了一地

日光漏了一地
走了三个小时
喝水,吃两个猕猴桃,一个山梨
导游只喝水,看天,低头走路
间或帮我拍照
都不说话

众鸟啁啾

众鸟吵得很

七、在山林里走

山中的时间，你不要有歉疚

你只要嗅着草汁的腥味

一滴露水突然滴在你额头

你要去承接，用手指接下来尝尝

在山里走了一整天

并没有山鸡和野兔

但在两个管理站见到管理员养的鸡和狗

都是极温顺的

顺应那无声无息的山峦和树林

八、看见三只猕猴

看见三只猕猴

在树上迅捷地荡来荡去

老伍（导游他姓伍）说，那是它们肚子饿了

在摘野果吃。

我叫：祖宗，祖宗。

有一只看了看我

把手里的果子扔进嘴巴里

攀上另一根大藤条

它不理我。我把玉米扔给它

它看都不看
老伍说，玉米它不吃的
想吃野果。我举起相机
只拍到迅捷而逝的一团影子
乖乖，我的祖宗
你就那样扔下我

九、早晨起来

早晨起来，走到后窗的草丛里
又赶紧折回来，怕有蛇
老伍说：嗤
他用鼻子嗤，意思是什么蛇不蛇

到底还是害怕，走了回来
露水打湿裤管
手机响了。手机这几天一直在响
可我听不见

看见有山蜡烛。这不是水边的东西吗
为什么
别问为什么，你只管看见
或者看不见

十、草木山川都在睡觉

日光好，鸡崽安心找虫子

爪子沾满泥巴

小鸡冠也都是土

这多好

有一群游客追逐着它们

小家伙仓皇逃开

车来了,游客于是逐车而去

我咬着一根草蔑:"老伍,几点了?"

可是,山中无钟点

天黑了就入屋

天暗了就睡觉

草木山川都在睡觉

很晚了,后窗一辆车亮着灯

一个司机和一个游客

在等一个走散的同伴

他们要下山,看起来很焦急

十一、有果无果

我看见明月!

荒凉的崇山峻岭

被它剥着一层一层的疮痂

这些年,我尽量不在月光下想事情

只是无果地走走看看

不怀人，不忆旧
不解读群山的皱褶

但我今晚为什么会看见疮痂
我要免除很多罪过
包括自己给自己的那一份
我不在山中吹笛
终于免除了安慰

十二、乐趣终不可靠

事实上，发现带来的乐趣
是因为你我心中还在狭隘着
想要去占有
占有黄色的蝴蝶
占有绿色的蜻蜓
占有猴子愿意吃你的玉米
占有深山老林给你的一声回响
哦，你要的可真不少，这山走向那山
连围着青山的铁栏杆
也要去靠一靠
哪怕脊背临渊，脚底冰凉
你也要引出箴言
去服膺于它对你的训诫

2009 - 08 - 31

落日信笺：致明日之爱

——赠杨雪帆、游刃、陈隐诸君并一个年代

一

今天在水库看到的落日
和上个世纪在一座遥远岛屿看到的落日
是同一枚落日。
此前几年，水库和大海是不可同日而语的
今天，我能够做到等而视之

在一个荒芜的村子
金银花开得比植物园里培植的更加通透
金银花开在篱笆上，伸向熹光处
金银花也可以开在狗吠声中
一样开得若无其事

从发现神，到被神抛弃
到再次制造了自己的神
我今天在水库看到的落日

它的虚实一丝一毫也未曾被消减过

二

有一瞬间，我回头看见巨大的杧果树影
投在身上的光斑，我并不理睬这些阴影
我们还有能力相互慰藉
还有能力被慰藉
把一句话暗中传递着："还活着。
这年代能把很多事物速朽，
但现在它不能把我们怎么样。"
比如，我们坐在台阶上
都有各自的远方供你眺望
树叶落在脚边。或在近处
蚂蚁爬上手臂，你只需把它轻轻拨开
你犯不着置之于死地

三

从上个世纪九十年代初或更早
从知道我们可以那样被文字安抚
从无论如何也要把一根头发
阻止在早晨的镜中发白之前

无非是一日千里
无非是万事东逝水
所有的解决，都是个人的问题

不存在"想好"和"没想好"的问题

上帝,他看了我一眼,使我惊疑
一个明亮的孩子,他摔倒在地
他哭着叫妈妈。
上帝在哪里?没有。只有妈妈
妈妈在。落日在。一个永不再临的村子在。

四

很久以前我们藏在各处的计谋
正在一一作废。顺着秋风下坡
轮子越转越快,月色成了一地碎屑
愿你我粗鄙的力气
悬空在风中的树梢
化为乌有

有什么宝藏没被遇见?
只要不收拾,不挖掘
它就永在那里
犹如我们看见的落叶,仍旧藏着三秋

五

今天,走在路上沉默不语
各自藏着隐秘的热情,没有立言。
我们走得非常慢,因为这一天尚有余裕

有没有一个人睡得比锤子更沉实？
那个久久凝望青山的人
那个在饱经风霜的墙体上写字的人
那个居住在海洋和祖母心中的人

六

白墙红瓦的半坡别墅在暮色中伸长脖子
它的主人从城市带着物欲回来

在陈旧的乡村，从路旁简陋的水龙头里
流出来清澈的水。你要去接住
这一股清水，你要去把手洗干净
把脸洗干净，把肚肠洗干净
你也不要回避你看见的
那几张风烛残年的老脸
和他们左边脸庞的麻痹

七

深渊无所不在，渐渐被夜色填满
我们得以在睡眠中平安地度过长夜
白天，我们的脸上掠过一丝惊恐的神色
那就去坐在孕育果实的香蕉树下
去倾听香蕉树扎实的胎音
去坐在水库边的台阶上，看水慢慢销蚀

留下无穷无尽的时光

八

我们回到市区高歌一曲

在字幕上的长亭短亭送别了几回

啤酒和葡萄美酒交替斟酌

所有的灯都亮起来了

所有的梨花都没有了宿命可以追究

就这样抱拳离开

可以不了解这个时代的炭火为何越燃越旺

可以不去计算它花费了多少树木和青叶

哪些草木被绿漆覆盖

哪只邮箱被岁月上了死锁

我们心中信仰的故事：一只橘子，它幽闭的体香

一直把我们送到同一个车站

然后准确地把各人推向各自的路途

九

也许秋天是贪婪的

但落日将收走一切，包括放逐的你我

当火车孤傲地拖着时代的尾音前往一座墓园

我的手背来了四只蜉蝣

被掌控的疾病正在自行展开和痊愈

"敝帷埋马，敝衣埋猪"

你有龟寿，我有蜉蝣

＋

当我们来到寺院
寺院已经到了关门的时间
这无关紧要。它阻止不了佛陀出来相见
也阻止不了佛陀只身走上高速公路去养神

当我的写作远远低于胜迹的塔尖
我感到欣慰和安定
我同样不要地上金黄的松针
我只俯身于一株青杞

善恶的区分不需要学习
也无关知识。海水漫上灰尘积重的案几
我无法学习你身上的奇迹
只能倾身问候。或者站起来走入向晚的夕晖

那里有一个信使，落伍于时代的鞭策
正在朝我靠近。我不属于眼前的世界
我属于我自己痊愈的疾病。抗体。风俗。
我属于那个途中的信使，正在策马向我靠近的
那封永世不必开启的信笺里的
那明日之爱

2009－10－02

无 用 论

执意于无用,也是一种用处
比如执意于松柏的青翠,执意于墓碑的干净
执意于乌鸦的红舌头

你朝白云走去
你为什么朝白云走去?
你为什么朝阳朔走去,朝拉萨走去?

有人过河是缄默的,只有河水喧哗
有人跳楼而死是缄默的
只有警车顶篷的红灯是喧哗的

无用,你正在前往
去了又回,什么意思
你说不清楚

夏天了,河水上涨
有的地方则水落石出
漓江怎样?

你执意于它的水位和山峦倒影吗？
如果是，请告诉我
你需要什么样的水位
什么样的倒影

2009

游 江 记

有一二三四五,五个人在竹排上
还有一个艄公
河床中间地带水深
深而浓绿
因为下面水草铺垫
有数不清楚的大小船只
电动机发出与山水对峙的吼声

漓江昨夜它有没有稍事休息?

江面开阔,江水深幽
艄公指点山峰给我们看:
那是九匹马,那是蜡烛在燃烧
那是谁,谁。

我心中无象,无形
见山是山,见水乃水
见岸想必逐岸

2009－11－09 于阳朔

十二月二十六日在阳台

晨光,暮色,皆无诉求
前面的城池,后面的林子
皆无诉求。
鸟往五缘湾大桥飞
鸟往松柏飞
带的是同一副内脏

最大的那棵松柏,它的浓荫
只是林子里大片浓荫的某一团
天上的机翼投下来的影子
有一秒钟恰好与它们重叠
分不清是飞机的
还是树木的

飞机向上飞,带着钢铁的傲慢
鸟飞向松果
有几枚松子掉落在地
昏聩突然醒来一下
昨夜那具肉身

增加或减少什么
或者什么都不会有
只有松果
静静挂在枝头

2009 - 12 - 26

下　楼

电梯呼啸而上,把我装进去

电梯呼啸而降

透明的电梯向下切割中庭景观

十楼城市灰云和远山

九楼城市灰云和远山

八楼城市灰云和远山的

下半身

七楼红屋顶

六楼红屋顶

五楼红屋顶的

下半身

四楼白墙与黑木门

三楼白墙与黑木门

三楼白墙与黑木门的

下半身

二楼红花木槿朝天的花蕾

一楼红花木槿朝天的花蕾

一楼金色的围栏

一楼金色的围栏

它为何还不停下
F楼,哦
差点忘了
我降落在F楼
F楼就是地面
草地滑梯孩子
带孩子的老人
精美的垃圾桶
被修剪一地的红背桂
尽管有些混乱
我还是松了一口气

2009 - 12 - 26

虚　弱

今天，他是一截消息
一个中断的写作
一个突然想通了的宽怀
但首先是
一个从未杀过人的人
正在伏案写杀人

他从迫害开始写
直写到院子里风流的牡丹花
大簇花蕊上滚动着兴奋的蜜蜂
他柔软了下来
扶着夜里的栏杆哭得一塌糊涂

接着再写：
琴声。洒水车。十一楼凄厉的电锯声
旧货市场。人民银行。
然后在早晨昏昏睡去

2009

对　窗

搁着一片窗帘

对面窗户那个男人

半夜在卫生间咳嗽，洗涮

便厕，冲洗马桶

水声如在耳畔

如在使用我的卫生间

使我心惊

于是开灯，攥人

唯见对窗窗帘晃动，影子绰绰

似有埋伏。赶紧闭了我窗

站立片刻，天冷

赶紧藏入被窝

那人遂又敲起了脸盆

那人竟然半夜鼓盆而歌

他的妻子没事吧

当然，即使他的妻子有事

他怎么有资格鼓盆而歌

他甚至也轮不上我在这首诗里

誉其鼓盆而歌

2009

垂枝暗罗

有一种树叫垂枝暗罗,番荔枝科。
每次都要经过勤勉的努力
才把它的名字从记忆的凹坑挖出来

垂枝暗罗。它的名字让我沉重
它的叶子羽毛那样层层向下披覆
绿盔甲从头穿到脚,像一个女武士

垂枝暗罗。垂枝暗罗。
这像不像一句咒语?

每次入园,经过它时都会默默地叫它一声
叫对了名,自己就会暗暗吃一惊
如果叫错了名,就会站在它身边使劲地想
直到想出它的名字
垂枝暗罗。

2009

阳 朔 的 早 晨

白天的阳朔是杂乱的,热烈的
但在凌晨四点之后
那些兴奋的肉体衰落下来
它就安静了

两个早晨我都在小县城走
看什么呢?
一个女人在江边专心刷马桶

马桶。女人。莲花寺——
西街向江滨右转
香火沉寂的莲花寺
有一个扫落叶的人

旱季漓江水窄
沿江两侧卵石裹着干泥
船只起得早
奔突在狭窄的水道
船只让漓江很吵

2009

立冬日

今天立冬
这一天,秋交给冬
我生于这一天
我需要一些整理
以迎接更多的混乱

天气很热。莫非冬天不想接管?
错觉使我高兴
写下一句诳语:"今天我生日,天下诗归我。"
我在恍惚里完成了一次虚妄
而历来的清醒很快替我结束幻象
我将离开,回到自己的生活

2009

在阳朔寻驯雀人不遇

我迫切要走到四个月前
一个生气的人驯养孔雀的地方
驯雀人已经不在
他去了哪里？
为了让孔雀听话开屏替他挣钱
他拼命摔打三只孔雀
那个生气的人
一定是个不遂志的人

为什么要再次去看那个生气的人
去看那三个可怜的演员？

绚烂的羽毛
陈旧的肉体
破碎的五脏
我去看它们
是因为时过四个月
我的心还在战栗
那半江静静的流水
那半江乱飞的羽毛

2009

你为什么在这里

光是额外给你的
它给石头,泥巴,植物
额外地也送一些给我
雨水也这样,洒在盆栽上
也溅一些在我的脸上

它们只是自然在嬉戏
你却要去当真
郑重地感激光
认命脸上的雨水,无言地擦掉
然后走向超市
买一些熟食,一只装着大米的小桶

你为什么在这里?
我问了自己一句
小跑着过十字路口
爬上一个缓坡
这个问题就被其他需要想的杂事
给覆盖过去了

2010 – 01 – 17

春天的末日狂欢

走在路上茶居说,也就这三两天
北京的花全开了
他用手指了指公园里柳树和榆叶梅
"就这两三天的事。"
像是一切都在他的掌控里
又像是无奈于事出无因

其实昨天我就觉察到了
在老故事餐吧,我坐在长椅上等人时
海棠树浑身奔突的,就是这种
急不可耐滚滚而来的红色小球
毕竟煎熬得太久了

据说北方今年几乎没有春天
要一场新绿很不容易
可就这么几天
饿坏了的青黄夹杂着喘不过气的粉红
一下子狂扑过来
硕大无朋的白玉兰紫玉兰涨满天空

连翘的黄遮天蔽日
碧桃在扭曲的枝干上燃烧
原本幽微的丁香，也是又紫又白地倾泻着
整座京城乱花飞渡
我第一次被草木的狂野和膨胀
给吓到了

2010 - 02

正月帖

一

正月,雨水长流

日久长。花蚁上树又返回

遇见一堵墙,骑墙唱歌

遇见一阵雨,沐雨散步

二

正月,少客

茶水在杯中自暖自凉

公路两边,孩子们把车骑得欢快

他们要去姥姥家

路边的野菊越来越少

秋芒越长越深

三

坐在西窗。南方阴冷

夜烛懒得剪,天蒙蒙亮

有苍狗跑过,消失在天际

有琵琶三声,裂帛一般
神伤来得突兀
病榻上母亲睁开眼睛
问我那是什么声音
我答是猫
踏翻了壁橱上的瓷器

四

静坐屋子一隅
白茶花蕾全无
几片旧叶,挂着新露
烟花不解人,在半空旋转
我不上阳台。只在室内
听母亲问:"什么时候了?"
"正月初二。还早着呢。"
雨水长流
心思寂然。对镜有白霜
昨夜松枝归旧月
今夜琥珀就明胶

五

风打西窗。形神皆静
贴梗海棠摇了摇薄薄的红颜
有人呼唤,有人应答
皆不是我的人,我的形,我的色

春风总有理,吹着杨柳
寒鸦更无权,扯了枯枝

六

烟花几现夜空,化为虚无
城市灯火通明,家在四海
有人酒醉街衢,吐了一地
有人相搀扶过了菜市场
消失在街道尽头
像水消失于水

七

母亲延续着肉体
证明我的依存尚有效
她成为一个人几十年来的安慰和期许
她紧皱眉头,对我有隐忧
这多么好。不能让你的亲人太放心
不能让桥梁独自空横两岸

八

正月一到
要离开此地到彼地
去往哪里
都是对已有的一次遮蔽
当我早晨醒来

我将发现乌鸦和喜鹊的叫声
是一样的
所以不要在雪中怀人
看那鹅毛遍地，熊正出没
而渡口的杨柳
尚未长大到适宜折来相送
就此先行一步
告辞了，清风明月照我心
唯有溪畔船与桨
不依又不饶

九

母亲在咳嗽。窗外寒风兼冻雨
翻了一遍节日短信
一百七十六条。删除
关了手机。某一片松动的玻璃
发出响声
某一滴雨水，击中一个早睡的人
他贪婪的梦游

十

天黑了。我有父母
这世间，只要还有父母
就是一个幸福的孩子
拜见父母亲大人在上

我是你们在人间的安慰
就像你们是我在人间的安慰
大安慰啊。天地不仁
唯父母慰藉我的空茫
所有父亲母亲的孩子
你和我一样年迈
却能永远活在父母的怀中

2010 – 02 – 17

夜 犬

半夜听见狗吠
是民工家里的瘦狗
还是富人守财的名犬
是吠向一粒不愿寂寂而灭的星斗
还是吠向空空芒果园那团阴影

夜空更加蛮荒
那些白昼的野心也萎缩了不少
当然,还有一些肿胀着
由于动物的叫唤
在梦里更加忧虑

2010

大雾中与德安进山

车拐几个弯
沉默化为坚定
大雾变成桃花
不能说是鸟鸣
但也不是纽约

是大雾外的人
桃花外的人
鸟鸣外的人
甚至是
纽约外的人
中国外的人

大雾围拢
有的在前面带路
率先去打开山门
大雾降低山峰的高度
一粒一粒气体
扑窗而入

这时我看见

一个祖父

一个丈夫

一个父亲

一个诗人

一个画家

交织在他的身上

温和地恳谈着

2010－03－06

撞上哪只鬼

我已经有几年没看电视了
这一行字起初我打的是"我已经有几年不看电视了"
没看和不看，哪个准确
在上句里，"哪个准确"中间本来有个"更"字
删掉是因为准确本身已经准确
干吗还要"更"
"更"能使准确更准确吗？

上面这节纯属与字词无聊较真
不过我发誓，在我刚写这首诗的第一行时
初衷完全不是这样
我的初衷是要把它写成一首比较大的诗
起码写成一首励志的诗
变成现在这模样，我也很意外
这说明很多时候
初衷是可笑的
不到最后一刻
谁也不知道会撞上哪只鬼

2010 - 05 - 02

我的初衷并不想把这首诗写成这样

我还是想接上刚才那一句：
我已经有几年不看电视了
不看电视我干什么去了
不看电视你挣了一百万
这是最好的假设
挣了一百万拿来跟看电视比
是不是很傻很无巧
如果不看电视去写诗，这还值得一比
嗯，写诗比较有意思
可人家觉得看电视有意思
你有什么理由非得把人家的意思比下去
就因为你写的是诗？
唉，意思有什么意思
别抬杠。谁帮你树立初衷
谁就是一个背叛自己的人

2010－05－02

身　份

一

他有两个身份，一个叫明月
一个叫沟渠
来自没有安魂曲的国度
每天顺应白昼本能走向夜晚

他的骨头已经松弛
再不想去听杀狗的故事
不想从狗眼里，看见屠刀的反光
包括三年前，在闽西一个小镇
看见待宰的壮牛那哀绝的眼神
当天的情绪如今也已平复

他从稠密的细雨里走向檐下
一眼望去，雕栏玉砌的豪门
柳树的爆芽冲出围墙
早年乌鸦教给他的咒语他从未施用

二

田野正值立夏
那个扛着棺木的人,对死亡还不懂敬畏
直到青檀横在他的面前,他怎么也无法跨过
他才如梦方醒,急切地来到河边洗手

他从此有隐忧
青檀会不会降为每夜的梦魇
所以每当天色暗下来时
他必要到河边洗手一次
然后对着日影投降一次
后来,当他成为一个新生儿的父亲
更是保留着这一自我救赎的风俗

其实谁都没有权利非议他
因为人们的骨头比他更松弛
不如期待风俗能从他那里结束
还河水以河水
还日影以日影

三

二十几来,当我用左手挡住命运里的黑暗
更暗的那一面从右边袭来
我会嗅到夜来香怪异的香味

就像嗅到人体上的恶在糜烂地开放

当我的妹妹用她的小命
给我上了一节命理课
我刚好挨到中年
那是一个隐秘的死扣
使我对着那辆要把她推向火炉的推车
有短暂的热爱
随后我的身体滑向推车的轮子

而轮子并没有把我一起带走
轮子把我留在一只扣子里

四

飘忽的世界,我久不抚摸它了
它的躯体停留过喜鹊和白头翁
结过儿女之果
它曾经儿孙满堂
晚年有如怀拥金玉在午睡

忽然惊觉身份是铁打的事实
你是暗夜施放之子,命运叫你赐我
一个女儿和一个母亲的角色
我不要躲避,更不要赎买

五

我在集市闲逛

经常能碰到卖鸟人和他鸟笼里的鸟

那些闹腾的小家伙让我吃惊

它们没有恐惧,而是欢腾着

对着眼前冒着热气的同伴的小肝脏叽叽喳喳

新鲜的腥臊让它们兴奋极了

第一次嗅到自己内脏的腥臊

如此刺激,简直让它们渴望即刻死去

六

在庸常的某天

在信息版看见这样的图片:

一个母亲把自己和三个年幼的儿女捆绑在一起投河自尽

四个仰面漂浮的尸体,成为一个包扎精致的粽子

他们是如何自我捆绑成功?

又是如何移动到水里赴死的?

这是一个不宜深究的上午

我的三个朋友刚从昨夜大排档的酒意中醒来

他们赖在床上兴味十足地描绘食狗肉和牛鞭的过瘾

我本能在质疑作为一个母亲的身份的行为

最终被其打断

突然想起妹妹在被抬出手术室时
对我说的最后一句话:"我好想睡。"
沉睡吧,伴着烈日和暴雨
这是今日最美满的道德
至于高墙紧挨红杏,流氓荣升讲师
狸猫替换太子,工业扼杀炊烟
我只敲下一个短句——
"让我好好地睡去。"
顽石一样睡去
落空而睡
落地而睡

七

在梦中,我沿着自己的阴影奔徙
阴影何其长
几乎遮蔽养育我一生的河流
有一刻甚至还遮蔽了九湖
若不是太阳落山,光芒全盘熄灭
我还在跟着自己的影子逃亡
多么悲壮,永不谢幕

八

点灯吧。
请你点灯,并非想要重见

那条狗被丢弃在垃圾袋里还在抖动的爪牙
更不是为了在琴声里描述所谓的悲悯
由于长年生活在暗中
造成了对追逐阴影的乐趣
和越来越难以下笔的困顿
当我此时写着字,那个另一个我
已经来到对岸等候自己醒来
但我深知,我俩不是敌人
却永远难以同行

2010 – 06 – 27

向养蜂人买蜜

他从一只大桶里舀出一大勺黏稠的蜜
熟练地灌入小口的罐子里
像一个卖油翁的后代
他不听我们对蜂蜜外行的见解
好像他不是卖蜜的
而是专司从桶里舀出蜜来的工作
买与不买与他无关

蜜桶里一只蜜蜂也没有
它们都在荔枝林里忙乎
一只蜜蜂一天会在肚子里酿几滴蜜？
怎样计算一只大桶里满满金黄的蜜一共有多少滴？
需要几百几千个国家的子民来贡献身体里那滴甜？

棚子外挤满了蜜蜂
它们朝着我们旋转
我昏眩地回避迎面而来的冲撞
能听见撞击在身上"嘭""嘭"的声音
养蜂人说："不要去管它们。"

L却不怕,他有山间生活的经验

他竟然说:"让蜜蜂蜇一蜇有好处,一些关节炎和痛风可能会好转呢。"

他本来说话的语调就平缓,现在更是临危不乱

听起来像是捉趣,又觉得也许有道理

我只得强行镇静下来

站在那里一动不动

惊骇地看两只蜜蜂在手臂蠕动

祈祷着拜托它们快快去别处玩儿

怕一不小心冒犯这生灵

它就舍命送给我一根小刺

等它俩歇足了劲儿飞走

我从林子里抱头逃窜出来

后面跟着笑吟吟的L

他的怀里抱着满满的两罐蜜

嘴里慢条斯理地说:

"想不到喜欢花草的人,也这么怕蜜蜂。"

                                    2011－04－12

吃甘蔗记事

我们吃甘蔗
把渣吐在一张石桌上
吐了满满一桌子
瞬间有着对生活十分满意的肤浅认识
满满一桌子甘蔗渣
它的汁液一滴不剩被我们吸干
然后,我们对着甘蔗渣由衷夸赞
并胸无大志地做出决定
以后要经常买来吃
那清甜真是让人愉快啊
肚肠因为它的滋润
身体都变得透明起来了
甚至因之觉得活着还真有些意思

不过我决定隐瞒这段甜蜜
除了在这首诗里透露
我不会向任何人提起
三个晚上和你在一张石桌边
就着凉凉的夜色低头默默吃甘蔗

那种美意。以及
它留给我的
另外的美意

2011－05

若尔盖没有神

一

若尔盖没有神

牛粪是它的神

花朵盖住了羊蹄印

这辈子哪儿也不要去

只让清泉慢慢洗去浊影

二

牧民在帐篷里打牌

皱巴巴的纸牌噼啪噼啪响

孩子们抓住卷曲的羊毛

他们从来不使用缰绳

孩子们骑着白色小羔羊

铃铛响了三声再响五声

三

若尔盖没有神

神回家去点灯

天空空出来
大颗的宝石住进去
草原空出来
彩色的格桑花住进去
孩子们突突突地长大
大人们看着我不说话

四

寺院的门关得早
美丽的少妇绕着寺院走
她已经转了七七四十九圈
扎辫子的女儿跟在她身边
就像格桑花只开在自家的草原
格桑花开哪儿算哪儿啊
哪儿都是命

五

若尔盖没有神
牛粪是它的神
湖水是大地的眼睛
它深情地凝望着天空
没有鹰隼的天空镜子飞来飞去
没有真理的草原
你在我身边默默坐着就是真理

六

若尔盖不懂什么叫苍茫
它只昭示存在不昭示未来
浮生是处罚也是奖励
若尔盖不需要有想法
生活只要简单的常识
我身上的知识显得多余
在若尔盖它们派不上用场

七

若尔盖没有神
它每天与云朵来说话
忠顺的牛羊是东家的
它们为什么跑到西家去
原来沙砾吹进了眼睛
用湖水洗干净眼睛吧
忠顺的牛羊认得回家的路

八

绵羊在湿地上吃草
昨夜空空的奶袋子
到了晌午就沉甸甸
牦牛在干地上吃草
身上黑白的漩涡转得欢

互不相干的牛和羊
相依相偎在若尔盖
牧民在帐篷里喝酒
花儿成群结伴漫过了脚踝

九

牛羊抓住草叶尖
落日抓住青山顶
到黄昏时都放开了
若尔盖没有神
在那里听不见钟声
丰美的水草静静地长
白花花的时光四处流

十

沼泽地里没有深陷的爱情
风声早早收回了鞭子
野花素面朝天去散步
扎西吹着口哨去放牧
双双都懂得回家的路

十一

圆圆屁股的若尔盖女人啊
草地上翻滚着你的儿女
都是你的骨肉啊在繁衍

女人的乳汁喂养一大群孩子
看得出你还是那样绰绰有余

十二

若尔盖没有神
牛粪是它的神
草是草原的草
牛是草原的牛
羊是草原的羊
忠厚的牦牛甩着尾巴
它不是用来驱赶牛虻
牛虻从不出现在身上

十三

天边的草原不需要寓意
沉默的山峰不需要印证
没有鹰隼的天空更加祥和
尘埃在飞舞
水蛭在歌唱
没有忧思
没有迷离

十四

白玛开车在热尔大坝奔驰
蓝蓝的天上白云跟着飞跑

白云下面牛羊的乳房胀满了乳汁
用乳汁洗去你长久的忧郁吧
抚平你脸庞那些多思的皱纹

十五

骏马是天上降临的神马
它的双耳挂着龙达
它的四蹄挂着风铃
骏马一匹牵在白云手里
骏马一匹牵在石头手里

十六

若尔盖没有神
牛粪是它的神
白玛带我穿过茫茫的夜色
流星再密也不会射伤我
开在牛粪上的野花多神气
静穆的生涯有人低声颂恩

十七

若尔盖没有神
群山抱着牛羊睡着了
凉凉的夜色照在白玛的脸上
群山在聆听白玛在歌唱
梅花鹿和黑颈鹅在散步

它们是一对恩爱的夫妻
它们是一对宝贵的姐弟

十八

青稞在大大的碗里
圆月在低低的门楣
七月的酥油茶一饮而尽
门外的马蹄子嗒嗒地响
发烫的野花朝门内张望
跳锅庄的人们把彩珠举过头顶
有力的臂膀只想擒住一只雏鹰

十九

白龙江清清的江水流向远方
野蘑菇伞下坐着心仪的姑娘
爱人的左肩插着紫羊茅
右肩插着结穗的珠芽蓼
阿坝州今夜的篝火锅庄
一直跳到天亮还不愿停

二十

风在摇
新生儿在跑
绿色的草原金风兼玉露
滚动的石头在施恩

离散的万物找到了根部
我们都是有家可回的人

2011 – 07 – 26 于若尔盖草原

风　俗

退回到无名的沙尘

退回到自荣自枯

退回到没有商店和街道

没有鲜衣怒马一词

没有解甲归田一事

父亲还是有的

他通过母亲诞生我

母亲还是有的

她更早之前诞生了父亲

这个源头无须寻找

它就在那里

至于鸡雏从哪里来

没有谁会去追究

因为那时没有谁会无聊到

要去深究哲学的问题

这天早晨

一个人他走到河边折柳

不是为了相送
因为无须远游
折柳是要插在门楣上
因为那时
风俗已经有了

2011

回　神

这一年提供的回神所需空隙
大概等于喧闹的午间
一次合宜的打盹
随后醒来，发现还可以更慢些
更迟钝些
还是有一些夜色可以殷勤探看

荡秋千的人，你们有些急于挣脱
兼还听见铁器的对话
它们觉得受到时间之锈的威胁
于是更着急了
此时，我恨不能把可能的良辰
从秋千架上，全部转让给你们

2011

上 楼 的 人

她一上五楼,就是一个陈旧的人
一个体内的声音全部熄灭的人
她从提包里取钥匙
在包里掏来掏去
眼睛却看着一堵白墙
她似乎并非真的要找到钥匙
只是不停地往里面摸索
这样,摸索时间一长
她竟忘记她是在找钥匙
她似乎根本无所谓钥匙

最后,她的手指碰到一个硬物
本能告诉她,那是钥匙包
于是她取了出来,开了门。
她开了门,并没有放下提包
她拎着包站在镜子前
她并非一定要照镜子
事实上,她也并非在照镜子
她只是站在镜子前

她一上楼就干涸了
像一颗苍老的核桃，发皱
无须真相。褐色，黯然。
她终于在一把椅子上坐下来
耳鼓里有风咕咕地叫
心口微疼。从窗口望出去
午间的夹竹桃开得死去活来

2011 – 09 – 29

在 贡 山

一、在秋那桶向察瓦龙遥望

灯火不会冥渺

诸山不会起身

道路不会强指

哪一条就是哪一条

一棵树只有一种生涯

长在秋那桶的就是秋那桶

长在察瓦龙的就是察瓦龙

长在长安望京的那是长安望京的事

山石不会无缘无故乱飞

它砸死的那匹骡子

至少也得拖入怒江

四仰八叉的醉汉突然从路旁坐起来

我相信酒瓶子可以救他

让他喝吧,让他多出几个宿醉

听,落石又在喋喋不休

可是西藏睡得那样香

它不知道有个人在这边凌乱

祝福那个寻找圣人的小伙子

他从韩国来，不为孔孟庄

只为心中冥想的圣人

在秋那桶一间漏雨的破屋子里

他不知道也许只为取悦自身

才需要彻夜打坐

一把骨头最后盛不满一个杯子

他需要的，是自己向自己附体

二、东风村边有一座普化寺

一眼看见的檐角就是普化寺

三朵大红大丽菊对着嘎娃嘎普山

它们不说话

它们不孤寂

擦了擦鞋底的泥巴

把鞋子脱在门外面

黑漆漆的正殿我默默站着

不是几个响头磕下去

就知道自己来自哪里

东风村的红脸火鸡咕咕咕叫

它的前世是一个秃头僧

它不对着石门关叫
只对着嘎娃嘎普山拉下一泡寻常的屎
它最知道自己来自何方
要在普化寺边的村子活多久

三、生平

嘎娃嘎普神山太高了
我承认我只到它的腰部
转了几十座山也许徒劳
这是外人的算计
谁来世间不是徒劳
用这里的山泉洗洗手吧,手的污迹就会少些
身体也擦一擦,让我回去好好哺育我的孩子

山路只有我跌跌撞撞的脚步
和着石头尖利的叫声
不要压抑奔波的喘息
那也是用来祈祷的气息
我从未像现在这样喜欢这一生的孤独
它还不曾结束,这不,今天来到这里
像是庄子可以飞檐走壁
送来半部逍遥经
可又不是庄子
因为还有半部劳苦的生平
得在山外写完

四、扎拉桶的桃花

桃花开在穷人的屋后
夏天还挂着几个红桃
这是真实的桃子
那是哄你的桃花

弟弟在外面劈柴
哥哥在屋里煮着猪食
熏黑的木板家徒四壁
年迈的老妇蹒跚着弯腰走入马棚
黑乎乎的窗棂
马眼亮晶晶

流着鼻涕的孩子胆怯地靠着墙蹭来蹭去
我的到来吵扰了他的安宁
手里的棍子对着吠叫的狗晃了晃
不要叫了，我心里的猴子已经乱作一团

文学和距离把你渲染成陶潜
在这个三分之一人口使用低保的村子
屋后再大片的桃花都不管用
不如山上长出一朵价格八十元的松茸

五、秋那桶路上遇酒鬼

看见路旁两堆破烂的衣服

等再经过时

两堆破烂的衣服竟然坐了起来

醉汉睡够了

在那里给对方捉虱子

"嗨!"他们在喊我

我慌不择路,差点跌进怒江

这两个人

一个抱着天主和酒瓶

一个抱着酒瓶和天主

2012－07－21

怒江记

江醒在两山中间

狗睡在马路中央

——2012 年 6 月 22 日进入怒江州

我的心脏安装了碎石

准备用来一撒千层浪

我的无知里有着歉意

把那根卧倒在泥流里的枯草再三扶起

怒江在水里睡觉

怒江在悬崖边睡觉

有人在忍痛撤退

有人在兴奋上路

我喊着:"滚吧!"

头颅顶着坚硬的栗子树和核桃树

身子在汽车里一动不动

对着江河吓得要死

"滚吧,怒江!"

空荡荡的高黎贡山和碧罗雪山
我的祈求压着一个狂跳的自己
鞋子里藏着的那粒沙子吱吱叫
背上是崩溃的江湖在轰鸣

山羊从洞里出来又进去
它的主人握着鞭子挥不进洞口
一群山羊寻找昨日失散的那一只
它们的文身是怒江的漩涡

年轻的男子从玉米地里站起身来
用围裙背起他的孩子跨上摩托车
石头悄无声息等候他通过
然后才砸出一阵久久的喧响

两座山究竟栖息着多少飞禽走兽
群山借给我转，谜团要我来猜
祷告里一碗一碗江水舀也舀不完
淌血的眼睛越来越明白
浑浊的江水就快和车轮持平

你给我这样惊惶的自由
让我从崖壁到雪山，从雪山到崖壁
一边扶崖要我上山，一边吃掉半只轮胎
叫我如何对着云朵牵出一头牛羊来

空欢喜啊

阴天下的七彩玉和石头做的月亮

系在吊桥上摘也摘不得

脚下是咆哮的江山

混合帝王将相的野心

千山鸟飞绝

万径人踪灭

一路臣服于你的威仪

一路被你吓得要死

渡江的人躲在月亮里

他不再空洒热血

摸着江水饥饿的腹腔

乖啊,怒江

你不要再吃那剩下的半只轮胎

和它身体里可怜的空气

"拐弯处有四十七个魂魄在飞。"

载着祭司和骨头,你在向我炫耀:

"要懂得缄默,让命运来教你吧。"

多少沉冤未洗

你把辎重压得那么低

把我遁向没有止境的白日梦

举着一朵咧嘴大笑的漩涡

一会儿跳到潮头，一会儿扑向牢底
十面喧腾孤注一掷
诸峰煮沸在掌心
睁眼闭眼是那排山和倒海

多谢一路忠贞陪我走到底
启动我的迷信和禁忌
我还有很多蒙昧未超脱
白雪在江底走
它哭得太久了
哭到飞鸟绝迹，玉石俱焚
哭到你的心肠都软了
直送我送到给你命名的秋那桶

雾里我患上幻听症
张开双手对着诸位教主
不知道要扑向谁的怀抱
重丁教堂一路错过
错过就错过了
还有基督、释迦和喇嘛
究竟要走向哪一个

空寂的大山，脚下是走不完的路
几万年重叠覆盖过的积雪
几万次化了又积，积了又化

就像穷人的天堂在心里盖了几万次
一头骡子还没来到自家的屋檐下

浊黄的江水泥沙俱下
每一个起伏的浪卷里
都有一个泥菩萨在自在地过河
我看见嘎娃嘎普山上的积雪
每年必为普化寺做一次洗礼

愁苦用完了
水底多了一座新修的家园
它自由的意志
怒族、傈僳族、独龙族和藏族一生都不用去懂
一辈子都住在最深的里面
再多的凶险也不离其土其宗

贡当山下的酒神
深夜还在藏吧里醉歌不醒
他的雄鹰飞出了屋顶
第二天早晨化成一缕煮着猪食的炊烟
把坝子染成一记传说中的桃花源

山里没有敌人,只有穷人
大江是山神的,峡谷是山神的
顺着那束照我的光,内外两明朗

我的肉身正在被收拾
请你把符咒拿开，或者
去贴在被泥石流覆盖的村庄
世事多转几个弯
我会懂得乖乖顺流而下

碧罗和高黎贡夹着的那只篮子
篮子里滚动着落日
别以为那是江山在衰败
就吓得要死，吓得要死
它其实只是收留
在江底投放的一粒新种子
用它的经络抓紧我的脚踝
——

我埋首于修远之路
徒劳的桃花开满徒劳的江山
这是我来过的，不分昼夜
不逝去，不交代
在孤绝中活过一山又一山

2012 – 07 – 27

白得无稽之谈

日光下无真事

骇事必成无稽之谈

电锯声里听蟋蟀

一只胜似一只冰雪

这不是你亲生的那只吗？

捏着翅膀的手慢慢就会松开

久了成亲生，不认也认

日光下，天无漏洞

白得无稽之谈

天理维修站新三年旧三年

缝缝补补又三年

白窗帘下玫瑰红得滴血

娇滴滴的滴

掩鼻过肆大有人在

花园来了一个园丁

他只是来整饬花瓣

坐实的是枯死的木桩

它的牙龈痒得不行了
侧枝重发之时
正是新一轮娱乐的伟大
横行于世时

2012 – 12 – 18

灰　调

他过来抱了抱她
传递的安慰很管用
瞬间流遍全身
"你会想到我吗?"
"很少。"他果断地说
"不过偶尔想起,就会非常强烈。"
这样的白昼实在太完美
灰色中的灰调恰到好处

2012 – 12 – 18

疲 倦 症

进得门来，他抽了抽鼻子
站着不动，再抽了抽鼻子
无法确定那丝甜腻从哪里来
可以肯定，这是一个女人的房间
也许该从那个女人身上去寻找源头
也许是茶几下面那包红枣？
当然，难免还存在一种可能
想必是大姨夫遇见大姨妈？
空气中弥漫着游荡的暧昧
他坐下来一会儿
很快就适应了

2012－12－18

父 亲 传

吾父刘氏其和,生于公元一九四二年春,卒
于公元二零一二年春。祖父断文识字,育有二
子,一名其和,一名群民,寓意其民群和。父为
长子,下有一弟四妹。幼年贫苦,饥寒度日,后
为乡里拖拉机手。贫困中娶妻生子,未享丰润
年成,七十一岁终于肺疾。

一

十三年一张"优秀拖拉机手称号"奖状
可以用来盖棺定论吗?
拖拉机手,你每天驾着一堆庞大的钢铁
轰隆隆行驶在乡村的沙土路上
俨然一个王者出行或归来

二

"罗马XXX",一辆拖拉机的型号
在全家人那里,"罗马"是闽南语庞然大物之意
你驾着这辆我童年经常搭乘的巨大怪物
年年让六个人口的家庭成为典型的黑户

难为你啊，一个清秀白净的书生模样

一辈子缺乏心机，不懂因公济私

安全行驶十三年平安无事故

老老实实开车，开成家徒四壁

开成四十岁还不懂稼穑

待到拖拉机成为时代的废物

你从高高的驾驶座下来

从一门引以为豪的技艺中无奈退役

终于不用被母亲揶揄为"黑手仔"

而是成为不会务农的柔弱中年人

你只得笨拙地从头学农业

把光滑的四肢踩进农田的烂泥里

拖拉机手，我无数次想象你开着这辆"罗马帝国"

载着年轻漂亮的母亲意气风发地私奔

小富的外婆瞧不起穷小子

双双民兵骨干的你们

用逃婚为本地成全了一桩轰轰烈烈的爱情壮举

成为村里第一个为自由恋爱带着情人消失三年的人

在你一生只进一次医院的那三天

我端详着病床上气喘吁吁的你眉宇间尚存的俊逸

我也绝对相信，今天你的后代

皆不及当初的你来得风流倜傥

一对新青年，赶风气之先

成为那些当年被你忽视的女人们讳莫如深的谈资

拖拉机手。我愿意这样称呼你
因为只有你开着那辆巨无霸向前冲的时候
我才能看见你光荣的梦想狼烟奔突
尽管它燃烧的是廉价的柴油
机器的屁股大声放着豪迈的尾气
却科幻般构制着你一生的传奇
当我扎着羊角辫坐在副驾驶座看着斯文的你
无敌至尊潇洒换挡刹车昂首挺进的派头
你比那个乘着扫把飞上天的魔法师还要让我仰慕不已

拖拉机手,自从你离开那赖以生存的技艺后
你最擅长的手艺是到山野的竹丛去挖笋
当清晨孩子们还睡眼惺忪时
你从田野带回来挂着露水和新鲜泥土的绿竹笋
嘱母亲赶紧把它们下锅以便让我们吃上一小碗再去上学
这竹笋干净、清甜,甚至谈得上纯粹
非同于集市上的竹笋,等同于整个父亲的仁慈

拖拉机手,当你四十五岁后逐渐学会干农活
一群嗷嗷待哺的孩子已经无数次激起你
和那个出生城市跟你私奔的妻子之间的冲突
但你还是挺了过来,戒掉烟鬼的形象
在穷困潦倒的年代力排众议
艰难地送四个儿女去读书

三

烟戒了,肺部同期埋下一颗活跃的种子
这颗叫肺结核的籽核极富耐心
用二十五年慢慢长成肺气肿,开成肺气泡
它在你的胸腔搭了一座锣鼓喧天的戏台
在你的肺部砌了一座火焰肆虐的炉灶
它让你吞下一部风箱,每天体内拉动风箱
提凸提凸,提凸提凸
熏黑你的双肺,吹大肺叶上的气泡
把肺积水往下肢灌输
你那叱咤风云的上半生开始急转直下

双脚浮肿鞋子穿不下,这让你骇然
吃了西药后你打来电话高兴地说消下去了
第二天我打电话回去问情况,你说又肿上来了
当然每次你都是轻描淡写
都是你来安慰我,而不是我去安慰你
"没关系,没空就不用回来。"听起来让人放心
病情再重也是自己骑车就医
守着晚年自立的尊严到死毫发未损

年初,我拿着 X 光片子求医问药
鼓浪屿老医生说,这也就三个月了。
我虽惊骇,却大不信,都拖了这么多年

怎么可能挨不过今年

事实却比三个月还要短

那天半夜,你喘得厉害

不肯让母亲去叫醒家人或邻居

熬到天亮不得不答应让人带你去医院

这一去医院,连你也未曾想到

只短短三天,你就把我们在你身边尽孝侍奉

全都给豁免

医生试图在你的肚子边上挖一个洞

把里面的铜锣铙钹清理出来

以便减少彻夜难听的大戏上演

此时,你只剩下微弱的痛苦的呻吟

十分清醒然而无力拒绝

你毫无抵抗之力被挖了一个洞

一条管子生生地穿过喉咙

从那个洞穴探出来,流出来一些血水

两个小时后,你就陷入这个洞穴

身体里的痰音消失了,因为你消失了

四

我们经常默默坐在一起一整个下午

轻轻聊些无关紧要的事

聊些道听途说的传言,或电视里正播着的新闻

尽管都是假新闻。为迎合你的兴致
我每次都表现出津津乐道的样子

那一年,建铁路强征咱家良田
两棵年产千斤的荔枝树也被一夜砍头
只剩下悲苦的树桩,最后连根拔除
你拒绝在一棵树二百元的廉价赔偿单上签字
至今仍然一分钱也没领到
你一辈子的良善平和受到最大的打击
当我们默默坐在一起时
你会偶发一句愤慨之言
我则堵心塞喉,举头投诉无门

然而你最爱聊的还是将要从自家田亩上建起来的高铁
罕见的火车将突然在家门口出现的景象
几年来让你的联想充满激动和兴奋
你和你的老伙伴骑着摩托车到现场去视察了好几次
好像这条铁路要在你的指挥下建成
我甚至认为这条厦深铁路建成的三年
是支撑你活下来的三年
因为你想象着到时可以从家门口上车
直接来到我所在的城市
现在,每次我乘坐这一趟列车经过家门
必想两件事:家里的土地被夺了;
老父你永远上不了这趟车去看我了

五

我在异地生活,二十几年来报喜不报忧
你也假装安心,从未对我提过任何担忧
因为我们都太了解对方了
三年前,那时你还算健康
半夜突然对母亲有过一次让我听来惊心动魄的悲叹:
"过不了多少时日了,孩子的事能不拖就让她不要拖
要不恐怕都看不到了。"
如此明确,振聋发聩
至死都无须再另立他嘱

前年夏天,我希望你来我这里走走
你先是高兴地答应了
然后私下里又反悔,跟母亲说不来了
我当然知道是怎么回事
因为你一挪动就喘得快要窒息
到了约定的那天,你却来了
用揪心的十五分钟爬上三楼
我不敢看你扶着门框暗黑的脸色
全家大大小小叽叽喳喳
你坐在沙发上黯然不语
那时,我知道你在想什么
你所想的,正是我所恐惧的
也是我无力阻挡它到来的

你坚持来看看我，是豁出去了的心意
那时我已经看见死神在你脸上的逡巡

六

你从未糊涂过，连最后一刻都是清醒的
清醒着眼睁睁看着自己不行了
所以我没有听见你胡言乱语过一句话
这也是你在亲族里拥有族长般威望的原因
亲戚族群里发生家长里短龃龉矛盾
因为你和善秉公，尊爱谦逊
你必是那个被请去作为座上宾调解的威望之长

我写诗，出书，上报纸，偶尔接受电视台采访
你都不知道。有一天我想想
还是把新出的书带一本给你吧
为什么要带给你？也许写的是乡间草木
可以让你知晓，我从未忘本
你拿到书，翻了几下就放下
之后你拿着这本书去了很多人的家里
翻给他们看："我女儿写的。"

七

守灵之夜，我没了泪水
靠紧你在人间最后栖息的床畔
摸着你冰凉僵硬的手，只是整夜发呆

四年前，你的小女儿先天性心脏病三十四岁离开我们
白发人送黑发人时，你一定不会想到
四年后你会去和她团聚
人间惶惶无可终日
生是一次离奇的事件
你扁平瘦小的身体在一匹蓝布下面
约等于无。灯火摇曳，你在黄泉路上
哮喘病已然痊愈。若无来过人间
若七十一年长过你的父亲的六十一寿
满足地微合拢双唇，嘴角向上
报给我一个安慰的微笑

出殡那天，风大无比
纸人站不住脚跟，灯影幢幢，四处乱晃
按照习俗，一群假哭的戏子干号了一个多小时
热闹铺排过后，戏子眼角抹上去的药水干涸了，他们开始收钱
我围着棺木乱转，不知道你的头睡在哪个方向
我擦拭着镜框里你面容清癯的遗照
却三次都没能放稳当，最后被风吹落
掉在地上，镜破终于无法重圆
我看见你冲破镜框，抛下我们
向着极乐升腾而去

旁边一群你的好友相送
他们都不比你年轻，有几个还比你年长

你先其而去,结束一生的清贫淡苦
他们一个个回忆前两天见到你还坐在门前晒太阳
"都好好的,还打招呼问候着,怎么这么快就走了?"
墙根靠着几个花圈,谁送的,无所谓;有没有花圈,无所谓
甚至怎么入殓,也无所谓
既是走了,怎么个处置也就那么回事
我为父亲买的棉裤、冻鞋、暖手宝、羽绒服
都只用过一次或是来不及用
母亲把它们都装到棺材里去。装下去有没有用?
确信没有用。只有你起死回生才有用
这话从心里涌起,在傍晚的大风中
和一堆冥纸灰烬慌张地乱飞

母亲最苦,嫁给父亲四十多年
两个性格要强的人吵了三十多年
相扶相依也才后面这十来年
越到病患之日,两人越懂得相扶相依
不想这就要她一人走剩下的路了
她一边无泪号啕,一边忙前忙后
嘱我们不要把眼泪滴在父亲身上
否则他会放不下尘世去不了仙界
休息一会吧,妈妈。她也没有听见谁都说些什么
只是忙前忙后,像一个孤魂的剪影

八

我写了上千首诗,从未为父亲写过一字半词

自是枉当诗人。前年春节母亲生病
我为母亲写过一首诗,大家读了都说好
后来母亲身体好起来了
我说我得为父亲写一首诗
写诗是为招魂守魄。你却等不及了
不,是我没有把握幸运之时
能够在你有生之年,写一首诗给你
待到今天写下这百行长卷
已成祭父帖

一年来,当我的手机号码簿上那字"爸"跳出来
我就会伏跪叩头,紧问你在那边过得好不好
我没有听见你应答,以为断线了
把电话回拨过去,听见:"您拨打的电话暂时无人接听,请稍候
再拨。"
　暂时。稍候。你还在,只是藏在一盒灰里

2013－02－03

一颗瓜子在能仁寺回响

"和尚也嗑瓜子?"
"不要有分别心。"

是瓜子在响嘛。
群山也在沸腾。

寺门高敞,大殿紧闭
嗑瓜子的和尚站在茶花树下
瓜子爆破的声音从左殿滚到右殿
一颗瓜子的喧响
足够吞下山脉的寂静

到底是他没有压住唇齿间的声音
还是空门还原了它本来的面目?

2013-05

单 腿 直 立 的 茉 莉

七月的热浪在窗帘后面滚动
黑色八哥在笼子里滚动
那一团墨,把逼仄的笼子撑得无边的大
笼子边,茉莉的白溢了一地

鸟羽的黑和茉莉的白孤立着
它们都始于无援
隔壁的琴声没能够让二者和解
尽管手法熟稔,甚至称得上精湛

白色茉莉,茉莉的白
这黑漆漆的夜的艳后
每一朵单腿直立
在黑漆漆的夜里,渴饮自己身上的白

2014 – 07

粉 红 的 哑 铃

粉红色的哑铃
粉红和它的沉默
所产生的暧昧
哑铃它不知道

知了在乌山上叫
知了知道些什么
荔枝在枝头嬉闹
荔枝不管长安那些破事

地图钉紧墙壁
世界照旧辽阔
醒着的人，心里关着
一百只横冲直撞的笼子

2014－07

看一个老太反复出室又入室

一只藤椅上放着一个老太变形的膝盖骨
她起身入室。料想今天不会再见到她了

谁知她又出来坐了上去，两手不停按摩双膝
然后入室又出来，出来又进去，直到我烦了

她却不烦，尽管她并没有校正偏西的日头
黄昏大幕向下的规律照常每日一覆

2014－07

马蜂经过镜子前

马蜂经过镜子前
有着短暂的关于制毒的动机
一个瘦子经过夜风吹拂
有着无故变胖的饱胀感

要提高自我陶醉的技能
把干瘪的桃子变回桃花
吵架的器皿,那些尖酸的语言
收集到篮子里,经发酵
预备在隔天送给还在恨恨不已的你

钢管敲击地面的强硬指令
使原本低空盘旋的纸鸢
不得已跃上树梢
它的气力到达负数,凭借缓冲
把我送出那段艰难的时局

2014－07－06

261

那孤星般的安慰

那人卧在那儿,对着空气问:
"想我吗?"
接着是一大片芜杂爬上来
我翻身下床
正午的神在打盹
我越过一道藩篱,差点把他吵醒
嘘! 我要去远方,没有人去过的远方
那里有一个无中生有的人
正在对着寂静的山川说:
"你来的真是时候。"

2014－08

看　花

有人说去看花。饭还没煮熟
生米还是米,怎么可以去看花。

花自己开得有些空虚,紫的,红的
关键是还有灰的,是天那么的空。

你吃了吗? 吃什么?
多穿件衣服,穿了吗? (少抽烟,今天抽了几口?)

生活如此琐碎,它的意义不同于:
你放下还没吃完的饭碗
殷勤地去厨房给我盛了一碗饭。

而我坐在椅子上别有用心敲着筷子,咬着字眼说:
"花快开完了,剩下的枝条都送你吧。"
你宽厚地笑了笑,说,对不起。

2014 - 08

身 体 的 秘 密

地板上的光斑是干净的
阴影是干净的
树荫挡住强光是必要的
生活最终还是客气的
它端来一碗莲子之心

简单的鸡埘是安逸的
尽管那么多人对活着的技巧
孜孜不倦地探寻
羽毛是丰厚的
毗邻的厄运和幸运彼此交集

我女儿一样的身体
并不屈从于人们对我的灵魂的赞美
肉体只为献给肉体
它的温暖,在另一首诗里
我将和你悄悄探索

2014－09

在 世 界 某 处

在世界某处的山巅
存着未开垦的处女地
你们不会知道。
在藤本植物编织的屋子里
何首乌正在怀孕
你们不会知道。

第九个月，它的孕育达到顶峰
创造者几度到来
他是预言之父，同时也是
将预言变成现实的可靠工匠
他说"繁衍"，就会瓜果爆棚
这一生，我信任的不是神汉巫仙
而是蹲在地里埋头练习技艺的工匠

妙啊！在世界某处的闽南
苎麻和苎麻生长在一起
它用自我缠绕，窃喜夹带狂喜
带着上升的俗世穿过平庸的人群

2014－10

短　诗

保留一首诗的秘密
保留给你写一首诗的秘密
保留已经给你写的一首诗的秘密
秋越深,它藏得越醇
也许要到很久以后,你才能见到它
也许到很久以后,你我都可以忽略这首诗
连时间也不曾知道,我们
早已经在它追赶上来之前
步入晚年的热恋
并在尘世某个阳台
晾晒着我们每日换洗的衣裳

2014－10

狐 狸 说

"我有时能觉察到自己,是世间遗留的尤物。"

一九二六年十二月三十一日,茨维塔耶娃在巴黎近郊寓所
给刚刚离世的里尔克写下一封他永远收不到的悼亡信:
"亲爱的,我知道,你读我的信早于我给你写信。
——莱纳,我在哭泣,你从我的眼中涌泻而出!"

世间没有梅花,除了深不见底的九湖
它点点纷飞于世外,人们以为它想降临在一首诗里
它比那个俄罗斯女人藏匿更深
它需要的也不是帕斯捷尔纳克短暂的温暖
而是欢天喜地的俗世,哪怕加重头上的霜雪。

有一夜,明月下滑过一个优雅的轮廓
仅仅是一条影子,你们不足以追寻其踪
次日清早,有人在草叶间见到了老虎的脚印
秘密的瓶子打开了!

谢天谢地! 它就这样来过明月山冈

267

又离开明月山冈。蔷薇在开放
老虎在下山。世间自此再无尤物
它被抱走了。在枫丹白露的秋天
无人知晓即将展开的大雅大俗,正从眼中涌泻而出。

2014－11

萨福她不知道自己
——以此致意你的阅读

她不知道这个消费时代,谁是拯救者
谁是被救者。她从水里出来
本是拿着竹篮来打水——
竹篮才是她的要义。
她从树林里出来,又进去
引领无限而有意,朝着神远去的方向
"有人在吗?"这不是萨福的声音
询问的声音很快被后面的洪流淹没
剩下时代的洪钟。也不是萨福的洪钟
在世界的某处,可能是雪山之巅
也可能是废墟之上。她不知道自己
站在雕像背后,那群山苍茫
唯有一死以匹配。唯有一人以匹配
落魄于暮色之光
起死回生于最后一人的晨读

2014 – 11

后 记

　　严格说,我不曾"正规"出版过个人诗集。在不间断
的写作中,因为太过丰盛,我常有寂寥的高傲,并安于高
傲的寂寥。

　　我愿意与你们有距离,这个距离,正好用来盛下那些
自动走到我的诗篇面前的我所感知的少数的你。

　　我的每一首诗,都只写给额定的读者。

作　者
2015 – 04 – 12

图书在版编目(CIP)数据

黑喜鹊/子梵梅著.—厦门:厦门大学出版社,2016.6
(珍珠湾文丛)
ISBN 978-7-5615-5995-6

Ⅰ.①黑… Ⅱ.①子… Ⅲ.①诗集-中国-当代 Ⅳ.①I227

中国版本图书馆 CIP 数据核字(2016)第 119940 号

出 版 人	蒋东明
责任编辑	牛跃天
装帧设计	李夏凌
责任印制	吴晓平

出版发行 厦门大学出版社

社　　址	厦门市软件园二期望海路 39 号
邮政编码	361008
总 编 办	0592-2182177　0592-2181253(传真)
营销中心	0592-2184458　0592-2181365
网　　址	http://www.xmupress.com
邮　　箱	xmupress@126.com
印　　刷	厦门集大印刷厂

开本	889mm×1194mm　1/32
印张	9
插页	2
字数	250 千字
版次	2016 年 6 月第 1 版
印次	2016 年 6 月第 1 次印刷
定价	39.00 元

本书如有印装质量问题请直接寄承印厂调换

厦门大学出版社
微信二维码

厦门大学出版社
微博二维码